À Anita et Nino.

« Comment faire face à la vie si tout ce qu'elle a à offrir, c'est la jeunesse ? »

STEVE TESICH
Price

Juste
une balle perdue

Joseph d'Anvers

Juste une balle perdue

Rivages

Retrouvez l'ensemble des parutions
des Éditions Payot & Rivages sur

payot-rivages.fr

Collection dirigée par Émilie Colombani

1.

Elle s'appelait Ana et j'ai su dès le départ que ça allait merder.

Tout est allé très vite.

On avait débarqué à la fête vers minuit.

Mon pote Chab était très à l'aise, moi pas du tout. Il connaissait tout le monde, embrassait, complimentait, riait quand il fallait, interpellait les gens par leur prénom en promettant de les rappeler. Il dansait en marchant, il chantait en parlant, excellant dans l'art mondain et délicat d'arriver dans une soirée.

Moi, je me contentais de suivre, enchaînant les vodkas tièdes, adressant sourires et poignées de main à qui le voulait bien.

Une blonde, la quarantaine flamboyante, lui avait discrètement glissé quelques mots à l'oreille en posant une main sur son cul. Il avait hoché la tête puis s'était retourné vers moi en se touchant le nez et m'avait envoyé un clin d'œil.

La blonde l'avait emmené, disparaissant dans la faune surchauffée par les synthés vintage et les beats sauvages.

Je m'étais retrouvé seul, alors j'avais fait le tour de l'appartement, bu d'autres verres et je m'étais finalement assis sur le rebord de la fenêtre de la cuisine afin de respirer un peu de cet air frais et iodé que charriait la mer toute proche.

Juste à côté de moi, deux types discutaient en partageant un joint qui répandait dans la pièce une âcre fumée blanche. L'un d'eux m'avait tendu le cône. J'avais tiré une profonde latte et on avait commencé à causer.

Très vite, ils avaient évoqué un club qui venait d'ouvrir, juste en dehors de la ville. Ils appelaient ça *Le Squat*.

Un ancien hôpital investi par un collectif, en attendant sa destruction à la fin de l'été. Un lieu éphémère dédié à la fête. Ils ne tarissaient pas d'éloges et leurs yeux s'illuminaient à sa simple évocation.

Je n'en avais jamais entendu parler.

« T'as rien vécu si t'es jamais allé au *Squat* ! » m'avait lancé le plus grand des deux en jetant le mégot par la fenêtre.

Je n'avais pas su quoi répondre. Le gars avait souri.

« Si tu veux, on y va.
– Pourquoi pas. Quand ?
– Maintenant. »

Je l'avais regardé d'un air amusé.
Il m'avait tendu la main.

« Luigi. »

Je l'avais serrée, en insistant juste ce qu'il fallait pour marquer mon territoire.

« Roman. »

On avait pris sa caisse et roulé un bon moment.

Le plus petit avait allumé un nouveau joint, baissé les vitres et balancé un morceau de techno dégueulasse. J'étais calé à l'arrière, fatigué par l'entraînement de l'après-midi.

Ça avait cogné sec à la salle.

José nous imposait des entraînements de fous. Le championnat commençait dans moins d'un mois, alors, s'il avait pu, il nous aurait fait boxer jour et nuit. Mes épaules et mes poignets me faisaient un mal de chien. Mais c'était le prix à payer. C'était écrit partout sur les murs.

« *Avance, encaisse, esquive, progresse.* »
« *Bigger, better, stronger.* »
« *Les limites sont tes limites.* »

Des trucs un peu cons qui vous faisaient sourire quand vous les lisiez pour la première fois, mais qui vous prenaient aux tripes quand, après deux heures de combats, de sac, de shadow et de corde, José vous gueulait dessus pour que vous accélériez encore.

« Ton adversaire, il s'entraîne deux fois plus que toi, et il en redemande, putain ! Vas-y, Roman, cogne ! Sec et rapide ! Plus vite ! Plus fort ! Allez ! »

« *No pain, no gain.* »

Alors j'en remettais une couche, je repartais de plus belle. Je ne voulais pas décevoir José. Je savais que ça faisait partie du chemin.

J'avais intégré l'académie de boxe en début d'année, surmontant avec brio toutes les épreuves pour y arriver : j'avais gagné les combats qu'il fallait, j'avais eu une conduite irréprochable au foyer, je n'avais séché aucun cours et j'avais même obtenu les meilleures notes de ma vie.

Le concours, ensuite, ça avait été du gâteau. J'avais expédié presque tous mes adversaires au tapis dès le premier round.

En finale, j'avais boxé contre un garçon à qui je rendais quinze bons centimètres. Un géant des pays de l'Est prêt à vous bouffer le foie si vous lui demandiez gentiment. Je n'en avais pas mené large lorsque je l'avais vu débarquer mais il était hors de question de baisser les bras. Pas après tout ça. Pas si proche du but.

Dès son premier crochet droit, j'avais cru que la terre tremblait. Mais ce n'était que ma tête. Je n'avais pas eu le temps de penser plus qu'il avançait déjà sur moi.

Il mesurait presque deux mètres avec des bras gros comme mes deux cuisses, un tatouage de serpent sur son crâne rasé, une incisive en or, des yeux qui trahissaient l'amour maternel qu'il n'avait jamais reçu et le froid qu'il faisait, l'hiver, dans son pays.

J'avais peu d'alternatives, alors j'avais esquivé au maximum ses coups de massue, je m'étais désaxé et je l'avais électrocuté d'un uppercut court et vicieux au menton.

La fin du premier round n'avait pas encore sonné.

Le gros avait mis dix bonnes minutes à récupérer. Ensuite, il était venu me prendre dans ses bras. Une accolade virile et bizarre à la fois. Dans ses yeux, je pouvais lire la soumission, le respect et la crainte. Je l'avais emporté, je l'avais allongé, j'avais l'ascendant sur lui. J'étais plus fort. On le savait tous les deux. Ça nous liait, ça faisait comme un pacte entre nous, un sentiment que seuls ceux qui se battent connaissent.

C'est aussi basique que ça, la boxe.

Tu gagnes ou tu perds.

Tu es le plus grand, tu tiens à distance avec ton gauche. Tu es le plus petit, tu essaies de rentrer sous la garde de ton adversaire.

Tu es trop confiant, c'est pas bon. Tu doutes trop, c'est pas bon non plus.

Tu t'entraînes dur, tu as une chance de victoire. Tu ne t'entraînes pas assez, tu as toutes les chances de perdre.

Mais au-delà de ça, il y a tout un univers psychologique propre à chaque combattant mais qui pourtant nous unit tous. Cette chose ancestrale, ancrée dans le cerveau reptilien. Ces histoires d'orgueil, de fierté, de croyances, de domination, de survie, de plaisir et de douleur. Un truc bien judéo-chrétien et animal à la fois. Une onde de vie primitive au plus profond de toi.

Un monde complexe et pourtant extrêmement binaire.

Le recruteur était venu me taper sur l'épaule et on avait échangé quelques mots.

Dans deux mois, j'étais bon pour intégrer l'académie.

J'avais réussi.

J'avais enfin gravi une marche vers mon objectif. J'avais ouvert la première porte.

Au début, c'était génial. On boxait, on se marrait, on dormait. Nos amis étaient nos adversaires, et ça créait une atmosphère spéciale et nouvelle pour moi.

On était tous à la même enseigne, on avait tous été choisis.

Ça faisait de nous des presque frères.

Je partageais ma chambre avec Souleymane, un Sénégalais. J'étais poids moyen. Il était poids lourd. On s'entraidait. Il évoquait souvent sa famille, là-bas, au pays, le soir avant de s'endormir. Je ne lui parlais jamais de celle que je n'avais pas.

J'écoutais, ça lui allait. Et à moi aussi.

Je n'ai pas vu passer les premiers mois. Mais ensuite, au fil des entraînements, j'ai vite pris conscience de mes limites.

J'étais bon, mais sûrement pas assez pour passer pro un jour. Encore moins pour devenir un champion.

Tout le monde le pensait pourtant, José le premier. Il m'avait pris sous son aile. Peut-être parce que j'étais le plus jeune. Peut-être parce qu'il croyait vraiment en moi.

Le staff avait beau faire de son mieux, désormais j'avais ce sentiment tenace ancré en moi. Je donnais le change, je jouais le mec que rien n'arrêterait. Mais je savais que tout était fini avant même d'avoir débuté.

J'ai réussi à faire semblant quelque temps et puis, la motivation s'amenuisant, je me suis mis à penser de moins en moins à la boxe et de plus en plus au monde extérieur. C'est comme ça que j'ai commencé à faire le mur. Ce n'était pas très compliqué, personne ne nous surveillait vraiment.

Nous étions tous motivés et nous n'avions pas d'autre choix dans la vie que de réussir à l'académie. Et si on se faisait choper, on était renvoyés sur-le-champ. Pas de seconde chance. Ça calmait direct les ardeurs naissantes.

Ça avait été tellement difficile d'être sélectionnés qu'on ne voulait pas se tirer une balle dans le pied.

Encore une autre.

On n'était au fond qu'une bande de pauvres mecs sans avenir qui jetions nos derniers espoirs dans le sport le plus rude et le plus injuste qui soit.

C'est dire si on avait une vision claire et lucide de l'existence, et de la nôtre en premier lieu.

Alors personne n'enfreignait le règlement. Jamais. On se couchait à l'heure dite, sans un mot, cuits par notre journée et excités par celle qui arrivait. Pas besoin de garde-chiourme.

J'ai passé le portail pour la première fois un soir de juin. Il faisait doux. Les odeurs de pins et de cèdres qui bordaient le littoral étaient portées par le levant. La lune était pleine. Je me sentais incroyablement libre.

J'ai dévalé la colline et j'ai atterri dans le quartier du Carré Rouge, là où les âmes en quête d'aventure se retrouvaient, là où étudiants, paumés, hommes infidèles, putes et malfrats se tenaient la main en refaisant le monde à leur image.

Je n'avais pas souvenir que mon cœur ait autant battu depuis mes fugues du foyer. Il fallait en profiter un maximum. J'ai bu plus que de raison, j'ai pris tout ce qu'on me proposait, des joints, du speed, des trucs aux noms imprononçables, j'ai embrassé des filles, j'ai cogné un type, j'ai payé des tournées et j'ai aimé ça.

Alors j'ai recommencé.

Et forcément, je suis devenu moins bon à l'académie.

Plus je sortais, plus je me donnais à l'entraînement, plus j'avais envie de me réconforter le soir venu.

Alors je sortais.

Le lendemain, je suais à nouveau sang et eau pour éliminer, pour me punir de mes conneries.

Et le soir, je sortais.

Le jour suivant, je redoublais de férocité.

Le soir, je sortais.

Le lendemain, je mettais les bouchées doubles, mais j'avançais deux fois moins vite.

Je me suis mis à perdre des combats faciles. Et c'est devenu compliqué.

Luigi roulait vite. Le boulevard qui longeait l'océan était désert à cette heure-là.

À l'arrière de la voiture, je sentais des alizés monter l'odeur des résineux.

Comme la première fois.

J'ai pris une profonde inspiration.

La techno me défonçait les oreilles. Luigi a gobé un ecsta et son pote est parti en impro sur l'instru. Une espèce de freestyle approximatif qui tenait surtout du primate en rut.

J'ai regardé la mer blanchie par la lune, et j'ai trouvé ça beau. Les bateaux amarrés scintillaient, les collines étaient constellées de points lumineux.

La vie s'était déposée là. Je l'effleurais du bout des doigts.

Le primate s'est retourné et m'a tendu une pilule.

Je l'ai fixé, incrédule.

Il a gueulé « M.D. ! ».

Je l'ai avalée.

Quand on est arrivés au *Squat*, j'étais défoncé.

Une foule impressionnante était massée devant l'imposant bâtiment. Un puissant remix d'un morceau *cold-wave* perçait l'épaisse muraille, laissant augurer un niveau sonore démentiel à l'intérieur. On a fendu la foule, doublant des dizaines de mécontents, excitant les haineux. Luigi leur était indifférent, tête haute et pas décidé.

Il a donné l'accolade au physio qui se tenait devant la porte, puis m'a désigné du pouce, par-dessus son épaule. L'homme m'a dévisagé, scruté de bas en haut, puis il a glissé un mot à Luigi, qui m'a fait signe de venir.

Il m'a serré la main en me disant des choses que je n'ai pas comprises à cause du bruit. J'ai fait O.K. de la tête. Il s'est marré. Luigi aussi. Alors moi aussi.

La file d'attente s'étirait sur plus de cinquante mètres et tous nous regardaient. L'envie et la jalousie étaient palpables.

Luigi a claqué des doigts. On est entrés.

On a emprunté un long corridor en béton éclairé par des néons bleus posés à même le sol. Le son était déjà assourdissant.

Au bout, un grand Noir en uniforme militaire se tenait immobile devant une large porte close, stoïque et dissuasif. Il était pieds nus et ça m'a étrangement paru naturel.

Luigi l'a salué d'une tape amicale dans le dos, les mots étant inutiles dans un tel vacarme.

Il nous a ouvert et on s'est jetés dans la fête.

Les plafonds étaient délabrés et des coursives bondées s'élevaient sur quatre étages, donnant à l'édifice des airs d'arène postmoderne.

Au sommet, niché sur une plateforme suspendue, le D.J. balançait un son puissant et hypnotique, tel Dieu abreuvant ses disciples de la bonne parole.

La M.D.M.A. finissait sa montée, je me sentais extrêmement bien. Je me suis mis à danser. Tout tournait et c'était bon. J'ai fermé les yeux.

Quand je les ai rouverts, une fille aux épaules tatouées, peau mate et regard clair, se tenait juste devant moi. Elle souriait et s'approchait dangereusement, chaloupant lentement jusqu'à ce que son ventre se colle au mien. Mon sang charriait la drogue à grande vitesse dans tout mon corps, mon cerveau fonctionnait sur pilote automatique, mes yeux se sont perdus dans les siens.

Elle a mis ses bras autour de mon cou.

Je me suis arrêté de bouger.

Elle m'a embrassé.

Luigi et son pote se sont foutus de moi à distance, à grand renfort de gestes salaces et équivoques. Je leur ai fait un doigt d'honneur qu'ils m'ont renvoyé aussitôt avant de se diriger vers le bar en rigolant.

On est restés comme ça un bon moment, immobiles sur la piste, à s'embrasser. Elle sentait bon et sa langue avait un goût de vodka fraise.

Elle ne portait visiblement rien sous sa robe et ça m'excitait terriblement.

J'ai effleuré son cou de mes lèvres, dans un mouvement tendre, presque délicat. Elle a éclaté de rire et reculé d'un pas. Je n'ai pas compris pourquoi, mais je me suis senti con. Elle a pris ma main, un peu gênée elle aussi, et on est allés au bar.

Je lui ai payé un shot. Puis un autre.

Elle a essayé d'engager la conversation, mais on ne s'entendait pas. Alors elle a sorti un stick qu'on a fumé ensemble, accoudés au comptoir derrière lequel trois barmen assuraient le show en faisant virevolter les bouteilles.

Le premier portait une cravate jaune extra-large sur un ample costume beige *80's* en tissu mou. Le deuxième était déguisé en Marilyn Monroe, malgré sa barbe et ses épais avant-bras tatoués. Le troisième n'était vêtu que d'un slip à l'effigie du drapeau américain et d'un Stetson.

Je me suis dit que, décidément, je commençais à vraiment aimer cet endroit.

La fille a commandé deux autres shots.

La plupart des gens étaient à moitié dénudés. Il flottait dans l'air des odeurs de pop-corn, de bois de santal, de parfums de femme et de sueur.

Soudain, des étages supérieurs, des dizaines de personnes ont vidé leurs verres sur les danseurs en contrebas. Ces derniers levèrent immédiatement les bras vers eux en hurlant de joie.

Ils en redemandaient.

Alors le châtiment divin arriva et le déluge advint.

Tout le monde dans les coursives s'y est mis et il a plu de l'alcool. Littéralement.

La fille, dont j'ignorais toujours le nom, et moi avons ouvert la bouche, les mains au ciel, pendant que les liquides se déversaient sur nous. Sa robe lui collait au corps, épousant des formes voluptueuses. Je me suis alors rendu compte que de l'alcool jaillissait également du plafond, via de longs tuyaux courant sous la plateforme du DJ. Personne ne serait épargné.

Elle s'est approchée de moi comme un félin en chasse, souple et déterminée. Elle a saisi mon visage, puis l'a léché sensuellement avant d'ouvrir ma chemise et de descendre le long de mon torse, jusqu'à mon ventre. Il n'y avait plus de limites.

Le son est encore monté d'un cran.

On était trempés jusqu'aux os.

« T'attache pas, c'est qu'un jeu tout ça… »

Je n'étais pas certain d'avoir compris ce qu'elle m'avait dit. Je lui ai demandé de répéter mais elle a posé une pilule mauve sur sa langue et s'est penchée vers moi. Ses lèvres ont caressé les miennes avec une infinie lenteur avant de m'offrir le plus torride des baisers. La pluie d'alcool a cessé. Le bar a payé sa tournée.

Je n'étais pas sûr d'avoir avalé l'ecsta.

Quelques instants plus tard, j'étais fixé.

La fille m'a tiré par la main, fendant la foule pour sortir.

Je me laissais guider, incapable de lui résister, complètement défoncé.

On a pris différents couloirs, éclairés de néons jaunes, rouges ou bleus, d'autres plongés dans l'obscurité, avant de déboucher dans le cloître de l'ancien hôpital.

En son centre, des dizaines de jeunes fêtards étaient allongés sur une grande pelouse, les yeux braqués sur les étoiles.

Tout autour, les arcades accueillaient des junkies en tout genre.

Ça sentait l'herbe coupée et fumée.

Il régnait là une atmosphère douce, une ambiance cool et paisible, presque silencieuse, qui contrastait avec la furie qu'on venait de quitter.

On s'est frayé un chemin entre les corps étendus et ivres, et la fille m'a signifié qu'on était arrivés.

Elle s'est assise en tailleur, au milieu d'un groupe. J'ai fait de même. Ma chemise était toujours ouverte et trempée, ma peau collait.

Trois garçons m'ont accueilli d'un geste de la main. Deux filles se sont présentées en lorgnant mes abdos. Une troisième a déposé une bise sur ma joue. Un mec m'a salué de loin.

C'est à ce moment-là que je l'ai vue.

C'est à ce moment-là que j'ai su que tout allait changer.

Elle se tenait un peu à l'écart, le regard vaguement lointain.

Elle était d'une grâce indéfinissable.

Je me suis approché timidement.

Elle a tendu sa main. Je l'ai saisie.

J'ai dit : « Salut, moi c'est Roman. »
Elle a juste répondu : « Ana. »

Le plus âgé du groupe s'est levé d'un coup, motivant ses troupes pour retourner au bar.

Ana marchait à côté de moi et son épaule touchait parfois la mienne. Elle me jetait de brefs coups d'œil en souriant mais on n'échangeait pas un mot.

Elle portait une robe à bretelles d'un tissu noir presque transparent, des Doc montantes et un Polaroid doré en bandoulière assorti à ses cheveux, courts et blond platine.

J'ai allumé une clope, tiré quelques lattes et la lui ai donnée. Elle était encore plus belle lorsqu'elle fumait.

La fille aux épaules tatouées nous observait d'un air amusé, indifférente à ce rapprochement. Elle semblait même plutôt satisfaite et embrassa à pleine bouche le garçon à côté d'elle.

Le mec qui semblait être le leader du groupe a commandé des shots pour tout le monde. Il se faisait appeler Heinz.

On a descendu les Jäger Bomb cul sec, et on a répété le mouvement suffisamment de fois pour que nos équilibres deviennent précaires.

Ana frôlait constamment mon corps.

Il faisait une chaleur de dingue.

Sur la piste, tout le monde était maintenant quasiment nu. Le beat gras et compressé à outrance faisait vibrer nos jambes.

Ana m'a confié son Pola, s'est avancée dans la lumière stroboscopique et s'est mise à danser juste devant moi. Elle fermait les yeux, son corps ondulant au rythme d'une techno virant hardcore.

Quand elle levait les bras, sa robe remontait et je pouvais apercevoir le haut de ses cuisses. Une fièvre inconnue m'a envahi sauvagement.

Je savais qu'elle m'allumait. Je n'étais pas dupe, malgré mon état. Mais ça marchait à fond et je me sentais comme un marin perdu face à l'appel des sirènes.

Sa robe ne taisait aucun secret des courbes de son corps fin et délicat.

Impossible d'en détacher mon regard.

Elle dansait pour moi, rien que pour moi, ondoyant au ralenti sur une musique qu'elle seule entendait dans le vacarme synthétique survitaminé.

J'étais hypnotisé.

J'étais envoûté.

Elle m'avait jeté un sort, j'étais sa poupée vaudoue.

J'ai demandé une bière au barman en slip, lâchant Ana du regard quelques secondes. Il m'a fait signe que c'était la maison qui offrait en posant la bouteille devant moi. Je l'ai levée à sa santé. Il m'a adressé un clin d'œil.

J'ai bu une gorgée.

Lorsque je me suis tourné à nouveau vers le dance-floor, Ana avait disparu.

Je l'ai cherchée du regard quelques secondes, amusé, mais ne la trouvai nulle part.

J'ai scruté la foule avec plus d'application, mes yeux balayant la salle en tous sens, mais rien n'y faisait, elle n'était plus là.

Un vide s'est creusé en moi et le manque s'y est instantanément logé.

J'ai questionné ses amis, mais personne ne me prêtait attention.

Je me suis avancé de quelques pas sur la piste, imaginant que cela changerait quelque chose, mais je n'y rencontrai que des corps inconnus, dévêtus et humides.

Je me suis senti effroyablement perdu.

La fille du début de soirée, que les autres appelaient Billie, m'a tiré vers elle, le regard bas et désolé.

« C'est comme ça avec Ana, faut pas chercher à comprendre. Allez, viens, laisse tomber. »

Elle m'a tendu un verre. J'ai fait non de la tête.

« Tu vas y laisser des plumes, chéri… »

On s'est dévisagés longuement, mais aucun de nous n'a su quoi ajouter.

Elle a finalement embrassé ma joue, puis s'en est retournée à ses shots.

Je lui ai confié le Polaroid d'Ana, et je suis parti à sa recherche.

Je suis d'abord monté dans les coursives. Tout le monde s'enlaçait, sans pudeur ni limites. Le mélange des psychotropes altérait certainement ma perception des événements, mais la teuf se transformait lentement et sûrement en une gigantesque et chaotique orgie.

Un Black, torse nu, s'est mis en travers de ma route. Il avait les traits fins, presque féminins, les muscles secs et saillants. D'un index tendu, il a désigné une jeune fille qui, à genoux, s'occupait d'un homme complètement nu adossé à la porte de ce qui fut en d'autres temps la chambre 126.

Elle s'est interrompue et, d'un commun accord muet avec le type, m'a invité à les rejoindre.

Le sang tambourinait douloureusement dans mes tempes.

J'ai décliné.

Le Black m'a insulté et traité de pédé.

Je n'ai rien répondu.

Il m'a intimé de dégager. Ce que j'ai fait.

J'ai parcouru l'étage entier. En vain. Les coursives supérieures ne furent pas plus concluantes.

Au dernier palier, juste sous la coupole décatie, j'ai emprunté la passerelle menant au DJ. Là aussi ça partait en sucette. Le mec avait lâché les manettes et caressait trois filles. Une quatrième tirait sur une petite pipe en verre aux relents de javel.

L'odeur était âcre et la morale absente.

Aucune trace d'Ana. Je suis redescendu.

J'ai poussé la porte des chiottes des mecs. Certains se touchaient, d'autres snifaient des rails épais comme mes doigts. Un petit gros vomissait dans le lavabo. Il était à poil. Les cabines étaient toutes occupées, mais les portes ouvertes. Ça allait et venait, ça gémissait, ça suait, ça puait.

Je suis entré dans les toilettes des filles, bondées elles aussi, et mon cœur s'est arrêté. Au fond de la pièce, Ana embrassait un homme qui l'avait plaquée contre le mur de faïence blanche et dégueulasse. Il avait soulevé sa robe et son corps se raidissait chaque fois qu'il appuyait son torse sur sa poitrine.

Il léchait son cou comme un animal et Ana se laissait faire.

Une colère triste s'est emparée de moi.

Ana a tourné la tête dans ma direction.

J'étais désemparé, abasourdi, les jambes coupées.

Elle m'a vu.

Le type devenait dingue, surexcité, presque violent.

Elle a planté ses yeux dans les miens.

Je ne pouvais pas bouger.

Ma tête me faisait mal à hurler.

Ana ne détournait pas le regard.

J'avais envie de me tirer.

J'avais envie de péter la gueule du mec.

J'avais envie de regarder.

J'avais envie de pleurer.

Elle fermait parfois les yeux, submergée par une vague qui soulevait son corps.

L'homme a plongé la main dans sa culotte. Ana l'en a ressortie immédiatement, lui glissant un « non » que je pus lire sur ses lèvres, mais qui n'eut pour unique effet que de provoquer l'hilarité du type.

Elle a tenté de le repousser à nouveau mais le mec a posé l'avant-bras contre son cou, l'immobilisant contre le carrelage froid.

Elle s'est débattue mais ne faisait clairement pas le poids. Il lui a dit quelque chose à l'oreille et j'ai vu qu'Ana commençait à paniquer, mais elle ne pouvait plus rien faire.

J'ai senti un afflux de sang vers mes jambes. Le cocktail drogues-alcool-émotions ne faisait plus bon ménage. Je fus pris d'une soudaine nausée et de vertiges. Je pesais une tonne et je suffoquais.

Dans un élan désespéré, Ana mordit la main de son agresseur mais celui-ci, bien que blessé au sang, ne fit que rire encore plus, l'injuriant et lui promettant le pire.

Il a déboutonné son jeans.

J'ai pris une profonde et douloureuse inspiration, et c'est comme si mes poumons se dépliaient, s'ouvraient pour la première fois, provoquant une déchirure indescriptible dans ma poitrine. J'ai posé une main sur le lavabo pour ne pas tomber. Ana a crié mon nom. Le mec a écarté ses cuisses d'un coup de genou.

J'ai rassemblé mes forces pour me redresser. Ana m'a à nouveau appelé.

Le type a fait glisser jeans et caleçon jusqu'aux chevilles.

J'ai pris sur moi, et je me suis lancé.

Il ne m'a pas vu arriver. Je l'ai saisi par le col et je l'ai projeté violemment contre le mur. Remis de sa surprise, mais étourdi par le choc, il a maladroitement essayé de me cogner, mais j'ai esquivé avant de lui asséner un puissant crochet au foie.

Il s'est affalé, souffle coupé, bouche ouverte comme une carpe s'asphyxiant, son cul nu glissant sur le sol recouvert de fluides malodorants.

Ana s'est jetée dans mes bras. Elle sentait l'orchidée sauvage et la sueur d'homme. Je l'ai enlacée. Elle s'est détendue un peu. J'ai déposé un baiser rassurant dans son cou. Elle m'a serré fort.

L'homme a essayé de se relever, la gueule en biais.

Il s'est péniblement mis à genoux en grognant quelques mots incohérents et menaçants. Je l'ai regardé, incrédule, m'étonnant de l'assurance qu'il manifestait, trempé de pisse et de sueur, le souffle toujours court.

Ana s'est approchée de lui. Il a tendu une faible main pour l'attraper en continuant de l'insulter. Elle lui a craché au visage avant de lui balancer un coup de Doc dans la mâchoire qui l'a assommé pour de bon.

J'ai déposé un nouveau baiser sur son front et je l'ai pressée fort contre moi en sortant des toilettes.

On a partagé une cigarette, accoudés à la rambarde du couloir, en constatant l'ampleur des dégâts quelques étages plus bas.

Le calme est revenu timidement en nous. Ana s'est excusée. Je n'ai rien dit, j'ai juste hoché la tête. Elle a posé la sienne sur mon épaule. J'ai jeté le mégot dans le vide, et on s'est promis d'oublier ce qui venait d'arriver. J'ai passé mon bras autour d'elle, elle a enlacé ma taille. On est restés comme ça quelques instants, à fixer le vide en se faisant vriller les tympans par le DJ en roue libre.

Au bar, le reste de la bande tournait encore aux shots quand on les a rejoints.

Ana a fait mine de rien. J'ai bu les verres tendus. Elle a effacé d'un doigt les coulures de khôl sur ses pommettes pâles.

Je lui ai souri. Elle m'a souri.

Autour, la décadence régnait.

Quand on est sortis du *Squat*, il faisait étonnamment frais. Ana était lovée dans mes bras. J'étais bien.

Heinz a demandé :

« On fait quoi maintenant ? »

On l'a tous regardé comme s'il était fou.

« On va pas s'arrêter maintenant ?! »

Billie a lancé :

« On n'a qu'à aller sur la plage. »

Alors c'est ce qu'on a fait.

On s'est assis au bord de l'eau. Kramer – le garçon le plus discret jusqu'à présent – et Billie ont roulé des joints.

On a tenté de faire un feu mais seules deux minuscules flammèches essayaient courageusement de survivre au milieu des cartons, des brindilles de pin et des autres combustibles de fortune qu'on avait trouvés à proximité.

Heinz a sorti une bouteille de gin de la poche arrière de son pantalon et nous a demandé de reculer.

Il s'en est envoyé une grosse rasade avant de tout recracher sur les flammes qui prirent soudain fièrement leur envol. On a applaudi et balancé tout ce qu'on pouvait dans le brasier pour qu'il tienne le plus longtemps possible.

J'aurais voulu qu'on reste comme ça toute notre vie, Ana tout contre moi, ivres et insouciants, la chaleur du feu et le son des vagues s'en venant mourir à nos pieds.

J'ai tiré une latte énorme sur le cône de Kramer, et je me suis dit qu'il fallait que j'arrête là. J'ai regardé l'épaisse fumée blanche se dissiper dans le ciel noir.

Je n'ai plus pensé à rien.

J'ai finalement tiré une seconde et longue bouffée.

Et tout s'est éteint.

2.

C’est l’automne et j’ai un peu froid. C’est arrivé d’un coup.

Le soleil est devenu pâle, l’air piquant et les feuilles ont viré à l’orange dans la nuit. Sur la pelouse, elles forment un tapis humide et froid que je froisse en traînant les pieds afin de former le plus gros monticule possible.

Le jardin sent l’herbe mouillée, la mousse, les noix et le feu de cheminée.

Quand j’ai formé un amoncellement suffisamment haut à mon goût, je casse une branche de châtaignier, je l’élague et je passe mes doigts sur sa surface lisse et rugueuse à la fois, satisfait du travail accompli.

Je ne suis pas comme mes copains. Je n’aime pas l’été. Je lui préfère l’automne.

J’empoigne le bâton comme une batte de baseball et je frappe le tas de toutes mes forces. Les feuilles s’envolent lourdement pour retomber dans un bruit sourd sur le sol.

Je tape à nouveau. Un peu plus fort.

Je tape encore, plus violemment.

Et puis encore.

Et encore.

Et encore.

Je ne peux plus m'arrêter.

Je fouette tout ce qui passe à ma portée. J'ai une énergie insoupçonnée. Je ponctue chaque coup de cris secs et gutturaux, comme un cow-boy exhortant son cheval à galoper plus vite.

Je n'ai plus froid. De la fumée sort de ma bouche. Mes mains deviennent douloureuses à serrer aussi fort la tige de bois. Mais je continue.

Ma rage monte, ma colère me guide. Je déchire les feuilles, je les pulvérise. Plus je frappe, plus j'ai envie de frapper.

Je m'attaque à l'herbe, que je lacère compulsivement. La branche siffle dans l'air et claque par terre. Je crie de plus en plus fort. Je me mets à donner des coups dans le vide, autour de moi, comme si je devais repousser une armée entière. Le bâton zèbre la brume apparue.

Je m'approche du tronc d'un noyer et je tabasse l'arbre aussi fort que je peux. Mes attaques sont rapides, électriques et soudaines.

La batte finit par rompre et je tombe à genoux, épuisé. J'ai le souffle court et le feu aux joues. Je sens la sueur couler dans mon dos.

Je lâche la branche. Mes mains sont écarlates, percluses d'ampoules. J'ai de la terre sous les ongles, mes fringues sont couvertes de brou de noix et de boue.

Putain, je vais me faire engueuler.

Putain, je n'en ai rien à foutre.

Avec un peu de chance, il aura déjà passé ses nerfs sur maman.

Je m'en veux aussitôt.

Je regarde le ciel et je demande immédiatement qu'Il ne tienne pas compte de mon vœu. Je Lui adresse un petit sourire penaud et piteux, comme je sais si bien faire.

J'ai beau être turbulent et compliqué, je sais mettre les adultes dans ma poche. Alors avec Lui, ça doit marcher aussi.

Je me dirige vers la maison. Les lumières sont allumées. Je les vois à l'intérieur.

Ma mère est affalée sur le canapé. Mon père est debout, sa bouteille de Monkey dans la main. Il est essoufflé et j'ai l'impression qu'il pleure.

Je n'ai pas envie de rentrer.

Mon père se sert un verre et s'écroule dans le fauteuil.

La nuit est tombée en quelques secondes. Je suis dans l'obscurité, immobile, et la sueur dans mon dos s'est refroidie. J'ai à nouveau froid.

Je culpabilise et j'ai honte d'avoir souhaité revenir un peu trop tard pour échapper à mon père. Ma mère, ma pauvre mère. Pourquoi ne se barre-t-elle pas ?

Je m'enfuirais avec elle. On se tirerait très loin, on repartirait du bon pied. Je deviendrais l'homme de la famille. Je ne suis encore qu'un petit garçon mais je serais obligé de grandir vite, et ça m'irait. Dans ma tête, je ne suis déjà plus un enfant.

On vivrait au bord de la mer, on ne reverrait plus jamais ces putains de plaines moroses et sans limites. On quitterait cette terre rougie par la honte et la violence.

On se ferait une belle vie. Elle et moi.

Mon père tourne la tête dans ma direction. Il ne peut pas me voir, mais je fais un pas en arrière.

Ma respiration se bloque. Le vent se lève. Je sens la chair à vif dans mes paumes et le froid sur ma nuque humide.

Il me regarde. Il ne me voit pas, mais il me regarde. Il sait que je suis là.

Il avale une gorgée, puis se prend la tête entre les mains. Ma mère se lève péniblement et titube jusqu'au couloir qui mène aux chambres. Mon père ne bronche pas. Il n'a pas un regard pour elle. Elle resserre la ceinture de sa robe de chambre, puis disparaît.

Je reste ainsi un long moment avant d'ouvrir le plus silencieusement possible la porte. Je suis obligé de passer devant lui pour aller me coucher. Nos chambres sont l'une à côté de l'autre.

J'avance à pas feutrés.

Lorsque j'arrive à sa hauteur, j'ignore pourquoi mais je m'arrête.

Mon père ne bouge pas. Son verre est vide. Ses doigts massent son cuir chevelu. Je ne vois pas son visage, braqué vers le sol.

Je l'entends renifler discrètement par instants. Il ne veut pas que j'entende. Mais je suis juste là.

« Va te coucher », me dit-il dans un souffle.

La phrase est presque inaudible. Son filet de voix et sa posture me font de la peine. J'essaie de me souvenir d'un bon moment avec lui, d'une image de félicité pour parvenir à trouver une réponse qui puisse l'apaiser, sans pour autant le pardonner.

Mais rien ne vient. Pas un moment, pas une seconde de bonheur.

Alors je pose ma main sur son épaule et, comme un père avec son fils, j'embrasse ses phalanges de bourreau.

« Va te coucher, je te dis », lance-t-il, d'une voix dont la force et la férocité sont revenues.

Je cours dans ma chambre et je me jette sur le lit en éclatant en sanglots.

Lorsque la fatigue a raison de moi, je reste prostré en contemplant les ombres des noyers qui dessinent des formes sur le mur. La lune est pleine, et je trouve ça beau. C'est un théâtre d'ombres chinoises qui joue pour moi. Rien que pour moi. J'ai de la chance.

Quand le vent faiblit un peu, le silence est pesant, entrecoupé des pleurs discrets de ma mère, de l'autre côté de la cloison.

Je ferme les yeux.

Et un nouveau jour finit toujours par arriver.

3.

J'ai ouvert un œil mais la lumière était si vive qu'il m'a fallu un moment avant de m'habituer. Un imposant lustre noir pendait juste au-dessus de moi. Il y avait du bruit tout autour. Des voix, des sons de vaisselle qui s'entrechoquent, des pas sur du parquet.

J'avais mal au crâne, la bouche sèche.

Devant moi, une table basse en verre recouverte de bouteilles de champagne vides et de cendriers débordants. Derrière, une bibliothèque remplie de livres d'art. Une guitare électrique reliée à un ampli reposait sur un stand. Des fringues en boule sur le sol. Des verres renversés. Une carte bleue poudrée.

« Tiens, il est réveillé. »

Ana était assise à mes côtés, sur l'accoudoir du sofa. Une joie chaude et puissante m'a submergé.

Elle m'a souri tendrement et a déposé un baiser sur mes lèvres.

« Dis-lui de s'habiller. Igor ne va pas tarder. »

J'ai reconnu la voix de Heinz.

J'allais me redresser afin de m'asseoir quand j'ai remarqué que j'étais nu. Pour autant, personne ne semblait y prêter attention.

Il y avait beaucoup d'agitation dans la pièce. Une dizaine de personnes s'activaient en tous sens. Certains transportaient des sacs de sport ou de grandes marques, d'autres encore écrivaient dans des cahiers, studieusement installés à une immense table ovale de bois brut.

Dans un coin, un type petit, un peu plus âgé que les autres, passait un coup de fil. Il parlait calmement mais son corps était hypernerveux. Il faisait des doigts d'honneur à son interlocuteur et jetait un regard noir au combiné.

Dehors, un vaste jardin surplombait la baie. Deux garçons nettoyaient une piscine. Un autre faisait des pompes. Deux filles en bikini se moquaient de lui. Une troisième embrassait son corps à chaque remontée, pour le déconcentrer. Il a fini par se relever, faussement en colère, et par jeter les filles à l'eau. Les deux préposés au nettoyage se sont énervés. Les filles ont retiré leur haut. Ils ont posé leur matériel et les ont rejointes.

Il faisait un soleil de juillet, le ciel était lapis-lazuli. Il régnait une atmosphère douce et estivale.

Partout, l'odeur de parquet ciré, de gel douche et d'ambre solaire.

Ana m'a tendu mon caleçon et ma chemise, qui puait encore l'alcool. Elle portait une salopette short, sans rien en dessous. Elle était pieds nus, son Pola sur l'épaule et je la trouvais encore plus belle que la veille.

Elle m'a ensuite donné une bouteille d'eau que j'ai bue d'une traite. Je reprenais vie.

« *Good morning, Mister Stripper !* » m'a lancé Billie en passant tout sourire derrière le canapé.

Ana lui a jeté un coussin au visage.

« On est où ? j'ai demandé à Ana.

– Chaque chose en son temps. On va déjà prendre un café, je crois que c'est de ça dont tu as le plus besoin. »

Je me suis habillé à la hâte et je l'ai suivie jusqu'à la cuisine.

Là aussi, tout était grand et baigné de lumière, déco ultramoderne et matériel dernier cri.

J'ai posé ma main sur la sienne. Je voyais sa poitrine dans l'échancrure de la salopette.

Le café s'est mis à couler.

Par la fenêtre, des parfums discrets de chlore, d'herbe coupée et de viande grillée.

Sur sa peau, le sien auquel je commençais à méchamment m'habituer.

Elle s'est reculée, Pola en main.

J'ai saisi la tasse et bu mon expresso en la regardant par en dessous, comme un caïd de film américain.

Elle a déclenché. Le moteur a fait un bruit mécanique et la photo est sortie. Elle l'a mise dans sa poche revolver avant même que la première forme n'apparaisse puis m'a dit :

« Viens, je vais te faire visiter. »

La villa, majestueuse de pierres blanches, courait sur trois étages, dominant une colline qui elle-même dominait la mer.

À ses pieds, un parc arboré de plusieurs hectares accueillait la piscine à côté de laquelle une jeune femme jouait une valse de Chopin sur un piano à queue, installé au centre d'un petit kiosque de fer et de bois peint. Le salon dans lequel j'avais dormi s'ouvrait par une haute baie vitrée sur une terrasse équipée d'un grand barbecue, d'un salon de jardin en teck et d'une multitude de transats, Fatboy et matelas gonflables. Elle était le trait d'union entre l'intérieur et le parc.

J'ai vite compris qu'ils étaient une dizaine à passer leur vie ici, mais la raison m'échappait encore. Ana ne semblait visiblement pas vouloir s'étendre sur le sujet. De ce que je pouvais en juger, aucun n'avait plus de vingt-deux ou vingt-trois ans et j'étais assurément le plus jeune.

Ana évoqua le propriétaire, Igor, un homme d'une cinquantaine d'années qui était rarement présent et les laissait aller et venir à leur guise. Elle ajoute que c'était cool et que je pourrais sûrement rester un peu.

Il faudrait juste que je lui parle à son retour pour voir si je pouvais m'installer.

À cette pensée, d'un bond furieux, mon cœur me rappela violemment à mes obligations. L'académie. Putain. L'académie.

Je ne savais pas quelle heure il était, mais je savais qu'il était déjà trop tard.

La panique me gagna.

« Il faut que j'y aille », j'ai dit sans réfléchir, le regrettant immédiatement.

Ana n'a pas réagi. Elle n'a même pas essayé de me retenir.

« Comme tu veux. Si c'est mieux, là où tu vas, je comprends. »

J'ai pensé à José.
J'ai pensé à Ana.
J'ai pensé à la salle de boxe.
J'ai pensé à Ana.
J'ai pensé à mes potes.
J'ai pensé à Ana.
J'ai pensé à demain.
J'ai pensé à Ana.

Je suis resté.

4.

Les jours de soleil ont succédé aux nuits de fête. J'étais au paradis, Ana tout contre moi.

Après toutes ces années de galère, l'existence m'offrait un répit, une once d'insouciance d'une adolescence que je traversais en fantôme.

Nous étions livrés à nous-mêmes, et ni le temps ni l'argent ne semblaient être un problème.

Je me suis fait accepter assez rapidement dans la bande. Chacun trouvait en moi une raison de m'apprécier. Je naviguais du confident au bagarreur, du gamin sans attache à l'objet de convoitise, de l'amoureux au *bad boy*, du candide au malin, j'étais le mec à ne pas chercher, celui que les filles voulaient protéger, j'étais le novice, le nouveau, l'étrange et l'étranger. J'étais une curiosité bienvenue, un vent de fraîcheur dans leur monde d'ivresse et de langueur.

À la fin de la première semaine, j'étais devenu un des leurs.

Le mec plus âgé qui passait son temps au téléphone s'appelait Anton. Il y avait aussi Zelda, Jeanne, Polly, Elias, Münch, Tony et donc Kramer, Billie et Heinz.

Ça fonctionnait plutôt bien entre eux. Il n'y avait jamais de heurts, d'engueulades, pas de jalousie, ni de mot plus haut que l'autre.

Quelque chose semblait les unir, les réunir, sans jamais qu'ils n'en parlent ou n'y fassent allusion, une connivence spéciale, propre à eux-mêmes.

Personne ne s'épanchait non plus réellement sur son passé, sur sa vie, sur ses problèmes en dehors de la villa. Impossible de savoir d'où ils venaient ni qui ils étaient. Quand elles en arrivaient à eux, les conversations restaient le plus souvent à la surface des choses, et quand je posais des questions jugées inopportunes, on me répondait juste que j'étais un garçon trop curieux.

Je n'insistais jamais.

À la tombée de la nuit, nous allumions les projecteurs de la piscine et la façade de la villa, nous embrasions des flambeaux dans le jardin, et Münch se mettait aux platines pour envoyer des morceaux qui tabassaient et faisaient trembler le sol. On dansait comme des dingues et on oubliait tout.

Ensuite, Zelda jouait parfois du piano et on faisait griller de la viande au barbecue.

C'était la belle vie.

Pourtant, très vite, il y a eu comme un léger changement, comme un trouble infime dans cette sérénité. C'est arrivé un de ces soirs, justement, alors que Zelda attaquait une ballade sur le Bösendorfer blanc. Tony et Anton s'occupaient des *ribs* en buvant des bières, Elias tentait de faire un tour de magie aux filles et Ana marchait seule, dans le parc.

Je la voyais, au loin, déambuler entre les cèdres centenaires. Elle disparaissait parfois un court instant, puis revenait dans la lumière des flammes, gracile et légère, fragile et incendiaire.

J'ai terminé mon verre, allongé sur l'épais matelas d'un transat, au bord de la piscine. Il faisait chaud. La nuit n'avait apporté aucune fraîcheur et le vent semblait s'être perdu en chemin. Mon corps était délassé par une journée de baignade et de rhum.

J'observais Ana et, à moi-même seulement, j'osais avouer qu'il me semblait l'aimer.

Kramer et Heinz ont débouché des bouteilles de rosé et Billie a invité tout le monde à passer à table.

C'est à ce moment précis qu'elle est apparue, petite et discrète, presque imperceptible. Au creux de mes entrailles, elle s'est logée délicatement, guère plus grosse qu'un noyau de pêche.

Je la sentais battre, comme un cœur d'enfant. C'était réel. Inconfortable.

Une chaleur qui me tordait les tripes, qui irradiait sournoisement, répandant en moi ses ondes d'inquiétude.

Était-elle là tout ce temps sans que je l'aie remarquée ? Venait-elle simplement de naître ?

Elle s'était invitée et n'en resterait pas là, je le pressentais. Je le savais.

Elle prendrait possession de moi. Elle n'était pas là pour rien.

J'ai posé la main sur mon ventre. J'ai regardé autour de moi et je me suis dit qu'il n'y avait aucune raison de stresser.

J'ai respiré profondément. Je me suis un peu détendu.

Les autres m'ont conseillé de rappliquer avant qu'il n'y ait plus rien à manger. J'ai fini par chasser le trouble et je me suis levé, m'asseyant à la table comme Ana nous rejoignait. J'ai tendu mon verre et Polly l'a rempli de vin.

« Ça va ? » m'a demandé Ana, en me caressant l'épaule.

J'ai fait oui de la tête, en souriant du mieux que je pouvais.

Dans mon ventre, l'angoisse s'était mise en veille momentanément, mais elle était là maintenant, solidement arrimée, prête à ressurgir au moindre faux mouvement.

5.

Quand je me suis réveillé, Ana me fixait, allongée à côté de moi. Les lattes des volets filtraient la lumière qui pénétrait dans la pièce en de douces stries blanchâtres. Elle m'a embrassé le torse, j'ai caressé ses cheveux et nous avons fait l'amour sans un mot.

Ensuite, elle a chuchoté qu'elle voulait me montrer quelque chose, qu'il fallait que je m'habille.

Les autres dormaient encore. Heinz était recroquevillé sur le canapé, Kramer et Billie sommeillaient dehors, sur un transat.

Elle a pris un sac en toile, son Polaroid, et nous sommes sortis de la propriété.

On a descendu une route qui serpentait à flanc de colline et, très vite, bifurqué sur un chemin de terre qui s'enfonçait dans la forêt. Je me sentais léger, comme un enfant partant jouer dans les bois, excité par cette journée qui serait forcément belle. En moi, le noyau incandescent sommeillait. J'y ai pensé brièvement. Et puis j'ai arrêté.

Ana s'est mise à courir sur quelques mètres, puis s'est retournée brusquement pour me prendre en photo.

Cette fois, elle a attendu que l'image apparaisse.

Il n'y avait pas un bruit. Dans le silence, nous pouvions percevoir le vacarme des vagues qui se brisaient en contrebas. Nous les entendions à peine, étouffées par les arbres et les falaises que je devinais, là-bas, au bout du sentier.

Juste au-dessus de nous, presque à portée de main, un couple de guêpiers s'est posé sur une branche. Je l'ai discrètement fait remarquer à Ana, qui a très doucement levé la tête.

Leurs cris, roulés et stridents, résonnaient dans toute la pinède. Ils n'étaient que deux, minuscules et colorés, mais s'emparaient en un sifflement de tout le territoire. Leurs becs se sont entrechoqués et le mâle a pris son envol, laissant seule la femelle hébétée.

Après quelques secondes, elle nous a aperçus. Le temps s'est suspendu.

Si vif quelques secondes plus tôt, le guêpier ne bougeait plus d'un millimètre. Une goutte de sueur coula de mon front à mon nez, puis s'arrêta sur ma lèvre. Le goût du sel me rappela notre étreinte de ce matin.

Au loin le ressac.

Le mâle est revenu, un insecte encore vivant dans le bec, et l'a offert à sa femelle, qui s'est instantanément désintéressée de nous afin de gober l'offrande.

Ils ont rechanté, un peu plus fort encore, puis se sont envolés pour de bon.

La photo était développée. J'étais en mouvement, un peu flou, éclairé par un rai de soleil que je n'avais ni remarqué ni ressenti alors. J'avais l'air heureux.

« T'es beau », murmura-t-elle en rangeant le Pola dans son sac.

J'ai passé le bras autour de sa taille et on a repris notre route.

Après une demi-heure de marche, la forêt s'est arrêtée net. Le sol est devenu rocailleux et le soleil plus dur.

« On y est presque », a-t-elle soufflé.

Nous étions perchés tout en haut d'une pointe granitique étroite et lumineuse. La mer s'étendait devant nous, majestueusement sereine. Où que je regarde, je ne voyais qu'elle. C'était magnifique, irréel.

Je n'avais jamais contemplé pareil paysage. Ana semblait satisfaite. Elle m'a pris à nouveau en photo.

« Viens, c'est pas fini. »

On est descendus maladroitement le long d'un sentier abrupt. J'ai perdu plusieurs fois l'équilibre et terminé le chemin sur les fesses, en riant.

En bas, Ana a ouvert les bras en grand, virevoltant afin que j'admire le spectacle.

La crique ne faisait pas plus de vingt mètres de large. À chaque extrémité, des albizzias et des pins parasols s'agrippaient à la roche, empêchant toute arrivée pédestre. Le sable, jaune pâle, était immaculé.

Derrière nous, les hautes falaises blanches et ocre semblaient s'élever jusqu'au ciel. Nous étions seuls au monde.

Elle s'est déshabillée, puis jetée à l'eau.

J'ai fait de même.

On a nagé jusqu'à un gros rocher qui affleurait, à une centaine de mètres.

De là, on distinguait les côtes de la ville, si loin et pourtant si proche.

Notre plage était vraiment minuscule, mais splendide, encore vierge et sauvage.

Au-dessus de nous, des oiseaux sont passés en chantant et j'ai aimé à croire qu'il s'agissait de nos guêpiers.

Le soleil était passé de l'autre côté des collines quand nous avons décidé de rentrer.

Le portail de la propriété était grand ouvert à notre arrivée.

Une splendide Jaguar XKSS était garée dans la cour.

Ana a pris ma main. La chaleur dans mon ventre est réapparue. Un pressentiment sombre et diffus s'est emparé de moi.

On a poussé la porte d'entrée.

Elias et Polly sont venus à nous. Les autres étaient regroupés dans le jardin. Je les apercevais à travers la baie vitrée. Il me semblait qu'il y avait quelqu'un d'autre, que je ne reconnaissais pas.

Elias a fait un signe de tête dans sa direction.

« Igor est arrivé. »

6.

C'est un après-midi de décembre, gris et pluvieux. On est à une semaine des vacances. J'ai hâte de m'éloigner du collège. Rien ne se passe bien.

J'ai du mal à m'habituer à ce nouveau rythme. Changer de classe, de prof, de matière, de quartier, de copains.

C'est pas mon fort, les copains. Je suis plutôt timide et solitaire. Les mecs cool se foutent de moi et les ringards parlent de trucs auxquels je ne pige rien.

J'en ai pris mon parti. Je reste seul.

J'essaie de m'intéresser aux cours mais, à part le sport, je n'y arrive pas. Je décroche trop vite pour pouvoir suivre correctement et comprendre.

J'ai fait de mon mieux au premier trimestre, mais je n'ai eu la moyenne dans aucune matière.

M. Shapira, mon prof principal, a convoqué mes parents pour en discuter, mais ils ne sont jamais allés au rendez-vous.

Le lendemain, c'est moi qui ai dû subir ses foudres et ses remontrances.

Pas commode le Shapira. Un grand type barbu à la voix de basse qui vous appelle par votre nom de famille. Il n'essaie pas de vous mettre dans sa poche, ne fait preuve d'aucune empathie. Il est là pour vous apprendre la physique et la vie, à grands coups de sermons, de phrases toutes faites et de menaces. Tu suis, tu intègres, et c'est tout. Si ça ne marche pas, tant pis pour toi.

Et si ça ne marche vraiment pas, tu restes à la fin du cours et tu en prends plein la tête. Généralement, tu sors de là lessivé avec juste une grosse envie de fracasser la terre entière.

Ce jour-là, j'ai baissé les yeux et fait le dos rond. Il aimait ça, Shapira, que je sois soumis, que je n'essaie même pas de me justifier ou de défendre mes parents. Il en rajoutait, il se sentait fort. C'était un pauvre mec au fond, je le savais. Je bouillais mais je n'en montrais rien. Il jouait au chef ici parce que son quotidien était merdique. Il se défoulait. Il prenait sa revanche sur le néant de son existence, sur ses ambitions ravalées. Il faisait le dur avec un gamin de dix ans. C'était pitoyable.

Du coup, je l'ai laissé faire. C'était ma seule arme.

J'ai juste marmonné que j'étais désolé, que je dirais à mes parents de prendre un nouveau rendez-vous. Le mec jouissait devant sa victoire du jour, un rictus vicelard sur sa gueule de con.

J'étais certain qu'il allait en parler à sa femme au dîner, dans leur cuisine pourrie, devant un plat en sauce mal cuisiné et une bouteille de vin rouge bon marché. Il allait en rajouter, donner des leçons de vie qu'elle aurait déjà mille fois entendues, il allait lui montrer qu'au fond il était toujours ce mâle alpha qu'elle avait choisi il y a fort longtemps.

Elle ferait oui de la tête, sans jamais lui couper la parole. Il en ferait des caisses et ça les occuperait une bonne partie de la soirée.

Au moment de se coucher, il y penserait à nouveau. Sa femme, elle, ferait semblant de dormir, songeant aux jours passés où elle l'aimait encore.

Alors, oui, je l'ai laissé faire, je lui ai offert la partie, conscient que, malgré les brimades et les humiliations, il n'aurait jamais plus ce que je possédais, ce que je chérissais malgré les coups du sort, ni ne pourrait jamais me voler ce qui lui ferait désormais toujours défaut.

Il se savait perdant face à la vie alors que j'avais la mienne devant moi.

Cet après-midi, je regarde l'horloge en permanence. Il pleut et les vitres de la salle de classe sont embuées. J'ai les mains moites. Je n'ai même pas essayé de suivre le cours. J'ai la tête ailleurs et les bleus sur ma poitrine me font affreusement mal.

Ce matin, j'ai débarqué avec les yeux rougis. Les autres l'ont tout de suite remarqué et se sont jetés sur moi comme des charognards. Ils m'ont traité de pisseuse, de pleureuse, de pédé. Ils m'ont encore appelé « fils d'alcoolo ». Les plus costauds se sont amusés à me pousser violemment, et les suiveurs les ont rapidement imités. J'ai essayé de m'enfuir, de sortir du groupe, mais il y avait toujours une main pour me ramener au centre. De fil en aiguille, j'ai commencé à prendre des claques, à essuyer des crachats. Un caïd de troisième m'a attrapé par le col et les autres se sont arrêtés. Il a approché son visage très près du mien et fait une étrange grimace.

La cour entière s'est figée. J'avais envie de pleurer. Ça aurait été le pire qui puisse m'arriver. Alors je n'ai pas craqué.

Sans que je le voie venir, il m'a asséné un coup de poing dans le ventre qui m'a plié en deux. Tout le monde s'est mis à crier de joie et de haine, à applaudir. On se serait cru dans une arène réclamant la mort du gladiateur à terre.

Le gars n'en pouvait plus, il prenait des poses à la Bruce Lee en me faisant signe de me relever. J'avais super mal, et l'impression que mon torse et mon ventre étaient en feu. Il en rajoutait, m'insultait.

Lui aussi, c'était un pauvre type. Je le connaissais. Sa mère allait au même cercle de parole que la mienne. Je l'avais entendue en parler à mon père un soir. Il avait facile quatre ou cinq ans de plus que moi, déjà redoublé deux fois. Il arborait même une moustache molle et clairsemée. Le summum de la virilité de cour d'école. C'était le genre à se bagarrer pour un mauvais regard, pour un mot mal compris. De ceux qu'on n'avait pas envie de chercher.

Je me suis quand même relevé, regrettant immédiatement ma témérité.

Il s'avançait déjà vers moi et, va savoir pourquoi, je me suis focalisé sur cette fille de ma classe, si douce, si bonne élève, si gentille d'habitude. Elle était écarlate, les bras levés, les yeux exorbités et je l'entendais réclamer ma raclée.

J'étais abasourdi. Je me suis senti effroyablement seul.

Elle battait l'air de ses petits poings et postillonnait en encourageant mon bourreau.

Au moment où ce dernier allait me cogner avec la ferme intention d'en finir, je suis revenu à la réalité et j'ai esquivé instinctivement. Le grand a basculé en avant, emporté par son élan, et je lui ai balancé un violent coup de pied entre les jambes.

Cette fois c'est lui qui s'est retrouvé plié en deux.

Je l'ai frappé au visage aussi fort que possible et il s'est écroulé.

La foule a poussé un murmure d'étonnement.

Il allait se remettre debout, le nez en sang, quand le surveillant s'est interposé.

Je pensais que j'avais fait le plus dur en l'étendant, que j'allais gagner le respect des autres, comme dans les films.

Mais ça ne s'est pas passé comme ça.

Le pion nous a emmenés chez le proviseur et des mecs m'ont menacé en passant. J'avais allongé leur pote. Ils allaient s'occuper de moi. Ce serait sans fin. Les filles me regardaient d'un air dégoûté, comme si j'étais un animal. Je m'étais juste défendu. Je n'avais rien demandé. Mais on me condamnait malgré tout. C'était mon rôle ici. C'était comme ça.

Alors que je sortais du bureau du principal pour rejoindre ma classe, un garçon de troisième m'a emboîté le pas. Il s'est rapidement mis à ma hauteur. J'ai continué mon chemin en évitant de le regarder. On marchait côte à côte, sans rien dire, dans ces couloirs interminables. Nos talons résonnaient et il y avait une forte odeur de détergent.

Arrivé devant ma salle de cours, il a juste marmonné :

« Ce soir, t'es mort. »

Et il est parti.

Depuis, je compte les heures, les minutes.

Devant moi, deux ou trois cons n'arrêtent pas de se retourner en passant le pouce sur leur gorge. Ça les fait rire. Je fais signe de m'en foutre, mais ça me déchire à l'intérieur. J'ai une boule au ventre, énorme et brûlante.

L'horloge indique 17 heures. La sonnerie de fin de journée retentit.

Les autres me scrutent en fermant leur cartable.

Je suis l'attraction malgré moi, la bête de foire.

Évidemment, Shapira veut me voir. Tout le monde sort et j'en prends plein la gueule. Il se lâche comme jamais. Je ne comprends rien à la physique, c'est vrai, mais merde, qu'est-ce que j'y peux ?

Je regarde mes chaussures et je ne dis rien. Comme d'habitude.

Quand je sors, j'attends quelques minutes avant de traverser la cour. J'essaie de voir s'ils m'ont tendu un traquenard.

Ça a l'air d'aller.

Je me dis qu'ils ont peut-être laissé tomber, qu'ils ont estimé qu'il n'y aurait aucune gloire à tabasser un sixième. Je me lance.

Il y a des parents derrière la grille. Je ne risque rien. Tous les élèves marchent vers la sortie. Je les suis, tête baissée, me fondant dans la masse.

Je ne suis plus qu'à quelques mètres quand je l'entends. Il a encore le nez rougi et approche à grandes enjambées, trois copains dans son sillage, aussi grands et épais que lui.

Un déluge de coups s'abat soudain sur moi. Je continue d'avancer comme je peux. Chaque frappe me fait mal. Je jette un œil aux parents. Aucun ne réagit. Ils détournent même les yeux. Je me fais cogner dans l'indifférence générale. J'accélère le pas. Ils crient, s'en donnent à cœur joie, mais ne parviennent pas à me bloquer. Je cours, je bouscule, je m'extirpe.

La voiture de ma mère est garée de l'autre côté de la rue. Je me précipite vers elle. J'ai chaud aux joues. Je ne me retourne pas. J'ouvre la portière et la referme aussitôt à clé.

Ma mère est calme, le regard fixé devant elle, immobile. Elle ignore tout de ce qu'il vient de se passer. Elle porte des lunettes noires. Elle a des rougeurs sur le cou, des bleus aux poignets. Je reprends mon souffle.

« Salut, maman. »

Elle ne bouge toujours pas, esquisse un sourire que je devine plus que je ne le vois.

« Bonjour, mon grand, ça s'est bien passé aujourd'hui ? »

Sa voix est lasse.
J'avale ma salive.

« Super, maman. »

De l'autre côté de la vitre, les troisièmes se sont adossés à la grille du collège. Ils ont repéré la voiture. L'un d'entre eux allume une cigarette, deux autres se parlent à l'oreille en ricanant, le dernier m'adresse un doigt d'honneur. Ma mère démarre.

Quand on arrive à la maison, mon père regarde une émission débile. Il boit son whisky, ne nous remarque pas.

Je pose mon cartable et m'approche pour lui dire bonjour. Il me dit de me pousser, que je suis devant la télé, puis il s'énerve car je lui ai fait manquer la réplique de l'animateur. Celle qui fait rigoler tout le monde. Mais pas lui du coup.

Putain, ce que je peux être casse-couilles, c'est pas vrai. Mais qui est-ce qui lui a fait un con pareil, un incapable qui lui gâche la vie ?

Je hausse les épaules. J'ai envie de lui rétorquer que c'est lui, mais je m'en garde bien. Alors, je me tais.

Il continue, il est inépuisable dans ces moments-là. Je sais qu'il est trop tard. Je serre les poings, les dents. Il me somme de répondre. Je balbutie un « je sais pas… » et ça décuple sa colère. Il avale un autre verre. Il beugle que je n'y arriverai jamais dans la vie, que je suis un perdant, une erreur, que s'il pouvait revenir en arrière…

Il retient malgré tout les derniers mots.

Des larmes s'échappent de mes yeux. Les vannes s'ouvrent et rien ne peut retenir le flot. Mon père se met à rire et se fout de ma gueule. Il me traite de tous les noms. J'entends claquer la porte de la chambre de ma mère.

Il retire sa ceinture et m'ordonne d'aller dans la mienne.

Ma mère pleure, hurle à côté.

Mon père est hors de lui quand il pénètre dans la pièce. Le premier coup, celui qui fait le plus mal, part alors.

Je serre mon oreiller de toutes mes forces et je me répète qu'un jour tout ça va s'arrêter.

7.

Anton m'a fait signe d'attendre avant de refermer la porte, puis de s'éclipser.

La pièce était vaste, claire et silencieuse.

Il y avait là un grand bureau d'où rien ne dépassait.

Derrière, une bibliothèque remplie de curiosités en tout genre. Une statue d'Orlinski trônait devant une porte-fenêtre ouvrant sur le jardin en terrasses et, au loin, la mer. Des fauteuils Louis XV rose pâle entouraient une table basse en ébène dont les quatre coins représentaient des têtes de fauves rugissants.

Aux murs, des tableaux signés Richter, Close ou Soulages. Leurs noms me disaient vaguement quelque chose. Du plafond haut plongeait vers moi un lustre imposant avec ses dorures, ses pendentifs en cristal et sa kyrielle de lampes.

J'ai regardé la mer, et j'ai repensé à la crique. Un paquebot s'éloignait tranquillement, laissant dans son sillage une fumée lourde et blanche au-dessus d'une épaisse écume. Je l'ai imaginé voguant vers des ports aux consonances exotiques, remplis de femmes heureuses et d'hommes fiers, de familles unies et de soleil, de parfums inconnus et de marins mélancoliques.

La porte s'est ouverte.

Un homme immense et longiligne, d'une cinquantaine d'années, au crâne étonnamment lisse et brillant, s'est avancé vers moi. Il portait un kimono de satin bordeaux et une lavallière dorée.

Il avait d'étranges bottes de cuir, ornées de motifs multicolores, pareilles à celles des chasseurs des steppes mongoles.

Une fine moustache soignée courait le long de sa lèvre supérieure.

Il a tendu vers moi une main couverte de chevalières et de camées.

« Igor. Assieds-toi. »

Sa voix était grave et précise, timbrée comme il fallait pour imprimer une autorité immédiate.

D'un mouvement de l'index, il a désigné un des fauteuils qui faisaient face au bureau. Il a contourné ce dernier et s'est installé sur une chaise à haut dossier, il a sorti d'une boîte en cèdre un cigare, dont je pouvais sentir de là où j'étais le parfum suave et capiteux, puis l'a allumé.

Ça a pris un temps fou. Le silence allongeait les secondes qui me parurent des heures.

« Les anges m'ont parlé de toi. »

Il a recraché une fumée semblable à celle du paquebot. J'ai frotté nerveusement mes paumes l'une contre l'autre, entre mes cuisses serrées.

« T'ont-ils parlé de moi ? »

Je ne savais pas quoi répondre. J'ai baissé les yeux. J'avais soif, la peau rougie par le soleil de la crique. Je ne me sentais pas bien.

« Je vais faire court. Cette villa est la mienne et ces jeunes gens sont mes anges, comme j'aime à les appeler. Je suis, comment dirais-je, un homme féru d'art qui investit beaucoup d'argent dans ce domaine. C'est assez simple. J'achète ce que j'aime, je revends ce que je n'aime plus. Généralement, le désamour est plutôt lucratif dans mon univers. »

Il a balayé la pièce de la main pour appuyer ses mots.

« Alors, j'apprends à ne pas m'attacher, à ne voir dans les choses, les gens, que ce qu'ils peuvent m'apporter. Leur valeur pour moi. Tu comprends ? »

J'ai acquiescé.

« Ensuite, il y a mes anges. »

Il a fait une pause, tiré sur le havane.

« Entre eux et moi, c'est spécial. Je ne sais pas si je peux t'en parler. »

Il m'a dévisagé. J'avais l'impression d'avoir fait une connerie.

« Je peux ? »

J'ai dégluti.

« Je crois que oui… », j'ai fini par répondre.

Il a souri.

« Bien. D'après Ana, tu es digne de confiance. »

Il a pris une nouvelle bouffée.

« Je disais donc qu'entre nous, c'est un peu spécial. Mes petits anges… Tu peux pas savoir combien ils me sont chers. Ils sont tout pour moi. Je les ai accueillis dans ma vie, je leur ai ouvert mon cœur et ma maison. Je leur donne tout. Et pour cela, ils ne me déçoivent jamais. Et pour cela aussi, ils me rendent quelques petits services. »

Nouvelle taffe. Fumée opaque. Silence.

« Je leur donne régulièrement des missions. C'est comme ça qu'on appelle nos activités communes. Disons que je leur demande d'aller chercher pour moi de petites choses qu'ils me rapportent ici, à la villa. Ensuite ce sont mes affaires et ça ne regarde personne d'autre que moi. Fin de la mission. »

Dehors, Zelda a entamé une ritournelle de Michael Nyman au piano.

« Tu vois, c'est pas sorcier. En contrepartie, ils vivent ici, je leur offre tout. Le pacte est clair et sied à tout le monde. »

Il a guetté une réaction sur mon visage. J'ai hoché imperceptiblement la tête.

« À ma demande, Anton planifie les opérations et Heinz les dirige sur place. Ça ne prend pas beaucoup de temps. Si tu suis les consignes, ça se passe bien. Si tu merdes, ça devient très embêtant. C'est pour ça que personne n'a jamais merdé. Tu me suis toujours ?

– Oui, toujours…

– Bien. La dernière close du contrat est qu'évidemment ils s'engagent à ne jamais parler de moi ni des missions. Jamais. En aucune circonstance. Dans le cas contraire, là aussi, ça peut devenir très embêtant pour eux. »

Il a fait une pause, s'est avancé, posant les coudes sur le bureau.

« Je sais tout, tout le temps. Tu t'en rendras compte tôt ou tard. »

Une goutte de sueur a coulé le long de mon échine.

« Écoute bien, maintenant. Ma question va être très simple. »

Zelda s'est arrêtée de jouer.

« Veux-tu devenir un ange ? »

Ses yeux, plantés dans les miens, sondaient mon âme.

J'étais perdu. Pourquoi me parlait-il de tout ça, comme ça, aussi facilement ? On ne se connaissait pas, il ignorait tout de moi.

Je n'avais pas envie de quitter cet endroit, ni ces gens et encore moins Ana. Mais je n'étais pas certain de vouloir tremper dans ces histoires de missions.

C'était quoi, au juste, ces « petites choses » à récupérer ? Est-ce que je pouvais seulement refuser sa proposition, après tout ce qu'il m'avait dit ? Et si je refusais, j'irais où ? Je ferais quoi ? Je ne pouvais plus retourner à l'académie de toute façon. Et remettre les pieds au foyer était hors de question.

La boule dans mon ventre s'est réveillée. Elle était chaude et lourde.

Je n'étais plus sûr de rien.

Il a tapoté le bureau de ses longs ongles soignés.

J'ai eu l'impression de me détacher de moi-même, de flotter à côté de mon corps. Je me voyais, grand gamin musclé et gauche, face à cet homme plein d'assurance, avec ses petits yeux bleu acier et son gros cigare.

Zelda s'est remise à jouer.

J'ai entendu, par la fenêtre ouverte, Ana rire. Mon cœur s'est emballé et je me suis entendu répondre « oui ».

Igor s'est reculé au fond de son siège en prenant une longue inspiration, puis son visage s'est fendu d'un large sourire.

Il a ouvert grand les bras et s'est exclamé :

« Parfait ! Alors bienvenue parmi nous, mon ange ! »

Il s'est levé pour me prendre dans ses bras.

Il sentait le musc et les épices. Son accolade était virile et tendre. Je ne me souvenais pas avoir été un jour étreint de la sorte par un homme. C'était bizarre. Mais c'était bon. J'avais l'impression de faire partie d'une famille.

Il s'est écarté, prenant mes épaules entre ses mains avant d'ajouter :

« Maintenant, il va falloir que tu ailles voir José et que tu le préviennes que tu quittes l'académie. Tu vas inventer un scénario, tu lui diras que tu as trouvé un travail, qu'il faut que tu gagnes de l'argent. Peu importe, tu te débrouilles mais il faut qu'il croie à ton histoire. Je veux que la situation soit clarifiée demain matin. »

J'ai hoché la tête, en me demandant comment il connaissait José et l'académie.

Il m'a ouvert la porte.

« Bienvenue chez toi, Roman. »

J'étais groggy en descendant les escaliers.

Je ne savais pas du tout ce que j'allais pouvoir raconter à José. Je n'avais aucune envie de retourner là-bas, de prendre un savon, de voir la déception dans les yeux de ceux qui m'avaient fait confiance.

Je n'étais plus si certain d'avoir fait le bon choix. Mais c'était trop tard. Je ne pouvais plus faire marche arrière.

Toute la bande était réunie dans le jardin autour de la grande table dressée comme pour un soir de fête. Ils ont applaudi en sifflant quand je suis arrivé et m'ont tous serré dans leurs bras. Seule Ana est restée en retrait.

Quand les effusions sont retombées, elle m'a embrassé dans le cou, puis sur la bouche.

« Je suis très heureuse », a-t-elle susurré à mon oreille.

8.

Je me suis habillé en silence et j'ai bu un café dans le jardin, les pieds nus dans l'herbe fraîche. Il était encore tôt mais déjà la chaleur arrivait.

Les volets fermés des chambres à l'étage trahissaient les sommeils lourds et sans rêves d'une nuit d'excès et d'allégresse.

J'ai poussé doucement le portail en métal pour ne réveiller personne.

La Jaguar n'était plus dans la cour.

J'ai descendu la colline en traînant des pieds.

La grille de l'académie était ouverte, alors je suis entré sans m'annoncer. Les arroseurs automatiques se sont mis en route de part et d'autre de la longue allée bordée de palmiers. Au loin, le bâtiment principal semblait désert.

Les boxeurs étaient déjà sur le pont, sans doute partis courir dans les collines.

Je suis allé direct dans ma chambre et j'ai empaqueté mes affaires. J'ai regardé une dernière fois la photo de famille de Souleymane, accrochée au mur, puis la pièce dans son ensemble et enfin ce lit vide qui fut le mien. Je n'ai rien ressenti de particulier en refermant la porte.

Mes pas résonnaient dans le couloir qui menait au bureau de José. La boule dans mon ventre s'est manifestée, comme si le noyau venait de germer, qu'il grandissait.

J'ai frappé, il a grogné un « entrez » bourru.

Il y a eu de la surprise d'abord, de la colère ensuite, puis de la tristesse sur son visage quand il m'a vu.

Je lui ai servi une histoire inventée sur le chemin. J'utilisais trop de détails pour qu'elle soit crédible mais je continuais, je n'arrêtais pas de parler. Il a baissé les yeux tout du long, ne m'a regardé à aucun instant.

Quand je me suis enfin tu, il a hoché la tête en signe de résignation et il a eu l'élégance de faire semblant de me croire. Il m'a pris dans ses bras. Son étreinte ne ressemblait en rien à celle d'Igor. C'était celle des adieux. Celle des écorchés, des hommes qui se battent pour survivre.

Il m'a dit qu'il comprenait, que je faisais une grosse connerie, mais qu'il comprenait. Il savait bien le genre de gamin que j'étais.

Il m'a souhaité bonne chance et il a ajouté que si j'avais besoin de quoi que ce soit, il serait toujours là pour moi. J'ai failli chialer. Ce type était un prince.

Il m'a demandé si je voulais dire au revoir aux autres. J'ai répondu que je ne préférais pas. Il a à nouveau hoché la tête.

Ensuite, il m'a prié de partir, prétextant qu'il avait des trucs à faire.

Il était déçu et ça me rendait triste.

J'allais franchir la porte quand il m'a lancé :

« Passe nous voir à l'occasion. Ça nous fera plaisir. »

J'ai fait oui de la tête.

« C'est con, petit. Tu serais devenu champion du monde, tu sais. »

Je suis parti.

C'était un bordel incommensurable dans ma tête.

J'ai filé jusqu'à la mer, je me suis désapé et j'ai plongé dans l'eau. J'ai nagé loin, longtemps, à en perdre haleine. J'ai fini par m'accrocher à une bouée qui délimitait le chenal pour les jet-skis et j'ai admiré la baie qui s'éveillait. Tout avait l'air si calme vu d'ici. L'eau rafraîchissait mon corps, et mon esprit s'est lentement apaisé. Je prenais un nouveau départ. J'avais fait le bon choix. Je devenais un ange et plus rien ne pourrait désormais m'éloigner d'Ana.

J'ai commencé à avoir froid, alors j'ai regagné la plage.

Les premiers touristes débarquaient, parasols et sacs sous le bras. Les kiosques à sandwiches ouvraient. Une femme promenait son Pinscher nain sur le front de mer. Un vieux s'est allumé une cigarette et a ouvert son journal en s'asseyant sur une chaise pliante. Un couple de jeunes en tenue de soirée est passé devant lui en titubant. La fille portait ses Louboutin à la main, le mec un magnum de Roederer. Le vieux les a suivis du regard, puis s'est replongé dans l'actualité de la région.

Je me suis payé un beignet et je suis remonté à la villa.

Ils étaient tous sur le pied de guerre.

Anton fulminait au téléphone, Kramer et Heinz nettoyaient la piscine, Polly et Ana rangeaient les vestiges de notre soirée. Zelda, elle, jouait du Wim Mertens. Tout avait désormais un sens pour moi.

Je me suis affairé également, j'ai pris ma place. Elias, Tony et Münch chahutaient pendant que Billie cherchait des accords sur la Telecaster.

Ana s'est pointée et m'a pris en photo. Je l'ai soulevée de terre en la serrant fort, puis je l'ai emmenée dans la chambre où on a fait l'amour dans la pénombre des volets clos.

Ensuite on a fumé un joint et elle m'a annoncé que ce soir la bande avait prévu de retourner au *Squat*.

J'ai repensé à notre première fois et j'ai dû faire une drôle de tête parce qu'elle m'a caressé la joue et d'une voix douce a murmuré :

« Cette fois, tout ira bien. Je te le promets. »

Je l'ai basculée sur le lit en riant.

L'été pouvait enfin s'installer.

9.

On est arrivés là-bas vers minuit. Comme la fois précédente, il y avait un monde fou massé devant l'entrée. Heinz s'est frayé un passage, il a discuté dix secondes avec l'un des videurs et nous a fait signe de venir. Le physio, comme à son habitude, se tenait droit et fier devant la porte.

« Ça va, Roman ? s'est-il exclamé, sourire en coin.

– Ça va et toi ? me suis-je risqué, me demandant comment il se souvenait de mon prénom.

– Ça va, ça va », il a rétorqué en faisant une moue à la De Niro.

À ce moment-là, un fêtard complètement ivre a essayé de forcer le passage. Les gars de la sécurité l'ont attrapé par les bras et les jambes, et l'ont emmené un peu plus loin, au coin de la rue. Il criait, menaçait mais ne faisait clairement pas le poids. Tout le monde les a regardés disparaître dans une ruelle perpendiculaire et d'un seul coup, comme par magie, le silence est revenu, calmant durablement les ardeurs des plus impatients.

Le physio a fait mine de rien et désigné du doigt un groupe de jeunes filles court vêtues. Un des vigiles leur a ouvert la barrière. Elles étaient surexcitées et déjà totalement soûles. Elles sont entrées en narguant leurs amis tricards.

On leur a emboîté le pas.

Le DJ remixait un morceau *90's*. Ça envoyait sévère.

On a filé direct au bar et Ana nous a mitraillés avec son Pola, brandissant nos gins haut et fiers.

Elle m'a ensuite entraîné sur la piste et, cette fois, on a dansé tous les deux. Elle s'est collée à moi et ça m'a excité. Elle a dû sentir mon trouble au moment où je l'ai enlacée parce qu'elle m'a repoussé en riant. Billie l'a rejointe, et elles ont commencé à chalouper. Des mouvements languides et équivoques. Les garçons autour les ont repérées et, en un rien de temps, ont formé un cercle autour d'elles. Elles en ont rajouté. Billie a collé ses fesses au ventre d'Ana en ondulant lascivement. Ana, les bras en l'air et les yeux fermés, la laissait diriger les opérations. Billie a pris les mains d'Ana, les a posées sur ses seins. Les mecs devenaient dingues. Ana l'a embrassée dans la nuque. Billie s'est retournée et du bout de sa langue a caressé les lèvres d'Ana. Un des types a essayé de s'immiscer, mais elles l'ont rejeté.

J'ai eu une poussée d'adrénaline.

Il est revenu à la charge, encouragé par ses copains. Le sang m'est monté d'un coup au visage et je l'ai saisi par le col avant de l'envoyer promener. Ça a créé un regroupement. Il s'est rué vers moi avec des intentions claires. Je lui ai envoyé une droite qui l'a séché. Les autres m'ont sauté dessus et c'est devenu très confus.

Les coups ont fusé mais très vite quatre ou cinq videurs bâtis comme des buffles ont mis fin aux hostilités. Ils nous ont séparés, ont viré quelques clients belliqueux et attendu une dizaine de minutes parmi nous que tout le monde reprenne ses esprits, puis le fil de la fête.

J'ai rejoint le reste de la bande, accoudée au bar, morte de rire.

« Putain, tu démarres au quart de tour, toi... », s'est amusée Billie.

Ana m'a embrassé mais mon regard trahissait ma désapprobation.

« C'était pour rigoler... »

Elle a pris un air de chiot désolé. J'ai rendu les armes.

« Je ne recommencerai plus... Promis. »

J'ai expiré lentement et j'ai commandé une tournée de shots.

Sur la piste et dans les coursives, tout était encore très correct, très retenu, mais on pouvait sentir que la bascule était proche.

Je suis sorti prendre l'air sur la terrasse et j'ai bu un verre en regardant les lumières de la vieille ville en contrebas, laissant retomber la tension de la bagarre. D'ici aussi, tout paraissait tellement serein. Le vent était léger et frais. Ça faisait du bien. Le calme est revenu.

« Te revoilà, toi ! Comment tu vas, petit ? »

Luigi se tenait derrière moi, son pote toujours collé aux basques. Il portait un costard bleu nuit et des Repetto. Sans même attendre ma réponse, il m'a donné une accolade de mafieux new-yorkais.

« On prend goût aux bonnes choses, hein ? »

Il a cligné de l'œil. L'autre s'est marré.

Ensuite, il m'a demandé si je voulais du speed. J'ai dit :

« Combien ? »

Il m'a répondu :

« Cadeau de la maison. »

Je n'ai pas su refuser.

On a parlé de la vie, de l'été, de boxe et de drogue. Il m'a raconté comment il avait fini sa dernière soirée ici, avec deux nanas. J'ai eu droit à tous les détails. Son pote n'en pouvait plus. Il tapait dans ses mains en poussant des petits cris aigus. Il me dégoûtait presque.

Luigi a fini sa coupe, sniffé un peu de poudre sur sa main et s'est passé le reste sur les gencives.

« Allez, business maintenant ! »

Il a claqué des doigts et ils sont repartis à l'intérieur.

J'ai bougé.

La fête était partie en vrille. Il faisait une chaleur à crever. J'ai taillé tout droit sans m'arrêter et j'ai retrouvé la bande là où je l'avais rencontrée pour la première fois, dans cette cour intérieure, à la belle étoile. Ils fumaient tous, paisiblement allongés, silencieux, les yeux rivés au ciel. Je me suis installé et j'ai pris la main d'Ana.

On a partagé un joint et ça a fini de me détendre.

« C'est bon d'être un ange », j'ai murmuré.

Deux heures plus tard, on a sniffé le speed de Luigi et dansé jusqu'à la fermeture. Je ne me rappelle plus grand-chose, juste que quand on est sortis, le jour se levait.

La musique résonnait toujours en nous et personne ne voulait que la nuit s'achève, alors on a continué à danser au son des chants d'oiseaux.

Après, on a contemplé le soleil apparaissant pour de bon sur la crête et on s'est dit qu'on allait rentrer.

On a gravi la colline, insouciants et heureux, légers et comblés par notre chevauchée sauvage, la jeunesse et l'inconséquence agrippées à nos flancs.

À cet instant précis et pour la première fois de ma vie, il m'est apparu clairement que je traversais là un moment qui resterait, que je fabriquais un souvenir indélébile dont je me souviendrai aux heures nostalgiques de l'âge adulte.

Polly a entonné *Colors and the Kids* a cappella et on l'a tous écoutée religieusement, émus et fatigués.

Arrivé au portail de la villa, j'ai tout de suite remarqué la Jaguar garée devant l'entrée.

C'est à ce moment-là qu'Ana m'a annoncé que, ce soir, nous partions en mission.

10.

C'est l'hiver et j'ai froid. Tout mon corps tremble. Je souffle sur mes mains mais la chaleur ne dure pas. Je lève mes pieds nus alternativement quelques secondes pour éviter le contact avec l'herbe gelée.

Je reste en mouvement.

Je ne supplierai pas. Je ne bougerai pas.

Il ne gagnera pas.

Je le maudis. Je l'exècre. Je veux le tuer.

Il nous détruit à petit feu. Il nous use. Il nous lamine.

Il broie nos vies et bleuit nos peaux. Il est le diable.

Elle est sa complice.

Elle ne réagit pas. Elle est résignée, elle accepte cette existence. Elle est tombée une première fois et depuis ce jour ne s'en est jamais vraiment relevée.

Il l'a compris, en profite, s'immisce dans les failles et brûle tout sur son passage.

Elle a essayé de mettre fin à cet enfer, mais le démon a grossi et n'est plus jamais parti.

Depuis, elle l'apaise, lui ment, s'abaisse. C'est tout ce qu'elle a trouvé.

Mais ça ne suffit plus.

La violence s'est frayé un passage vers l'ordinaire. La terreur règne en maître et les jours sont tous les mêmes. Les nuits leur succèdent inexorablement, noires et sans rêve.

Mon corps nu est d'une blancheur effrayante. Mon slip est douloureux à la taille.

Mes lèvres sont gelées et ma langue anesthésiée. Je murmure malgré tout une chanson, pour me donner du courage. Je ne sens plus mes orteils. C'est un truc débile qui passe à la radio. Mes genoux claquent. Je ne me souviens plus du titre. Je l'ai entendue dans la voiture en allant à l'école. Mes cuisses sont dures comme du bois et j'ai mal aux oreilles, comme la fois où j'avais eu l'otite, la semaine de Noël. Ça avait été un bon prétexte pour tout annuler. La famille, le repas, les cadeaux. Tout. Ça avait été ma faute, bien évidemment. Il n'avait eu aucune compassion envers moi. Bien au contraire.

Je tremble trop pour pouvoir continuer à chanter. Je suis à deux doigts de craquer.

C'est alors que mon père sort.

« C'est bon, t'as compris ? » jappe-t-il.

Je fais oui de la tête.

« J'entends rien, putain ! »

J'ai le plus grand mal à ouvrir la bouche. Je frissonne trop pour pouvoir articuler.

Je parviens néanmoins à lâcher un :

« Oui… »

Long silence.

« T'es bien comme ta mère, toi… »

Il regarde avec dégoût mon corps abîmé d'enfant maigre. Il est grand et massif, les deux pieds plantés dans le sol. On dirait un cow-boy prêt à entrer dans un saloon. Il a cette stature de justicier solitaire des plaines du Wyoming. Mon père est John Wayne, Clint Eastwood, Henry Fonda. Mon père est un cow-boy.

La neige tombe sur ses épais cheveux bruns. Ça le vieillit.

Il jette un œil au jardin, recouvert de blanc. Le spectacle est magnifique.

Il me fait signe de rentrer. Il se tient immobile lorsque je passe juste à côté de lui. J'imagine sa main sur la crosse du revolver. On n'est jamais trop prudent dans ces contrées hostiles.

Mon corps brûle. La chaleur de la maison embrase ma peau. Ma mère se jette sur moi, me prend dans ses bras. Je ne pleure pas. Pour elle. Pour qu'elle voie comme tout ça ne me fait rien. Que ce n'est pas grave, au fond. Je me suis endurci. Il ne m'atteint plus.

Ma mère m'enroule dans une couverture et se sert un gin.

Je ne l'ai jamais vue boire auparavant.

Je ne dis rien.

Elle l'avale cul sec, fait la moue, s'en verse un deuxième.

Elle s'installe sur le canapé, près de moi, et pose la tête sur mon épaule.

Le feu crépite dans la cheminée.

Mon père claque la porte et s'avance vers nous.

« Va te coucher. Dépêche-toi. »

Il remarque le verre de ma mère.

Je me lève et file dans ma chambre.

J'entends la joute qui commence.

Je mets mon oreiller sur ma tête et je pleure tout mon soûl.

Il n'y a pas de lune ce soir, et dans la pièce, tout est noir.

11.

Anton nous a tous réunis dans le salon. J'étais à la fois impatient et inquiet de découvrir ce qui m'attendait. Je me doutais qu'il allait falloir frayer avec une certaine illégalité, mais j'ignorais encore jusqu'à quel point, et comment.

Tout le monde s'est installé, le silence est revenu, l'instant s'est fait solennel.

Anton a pris la parole.

La mission de ce soir était très simple. On partait à six. Une voiture, une moto.

Il nous faudrait récupérer des statuettes, des bijoux et trois toiles de maître dans une villa.

Je commençais à y voir plus clair.

À notre arrivée, un contact sur place aurait rendu inactif le système d'alarme.

Heinz était chargé de nous faire pénétrer dans la maison, puis de nous guider à l'intérieur. Les statuettes se trouveraient dans une pièce au premier étage, les toiles de maître dans le salon et le bureau, au rez-de-chaussée. Les bijoux seraient dans la chambre principale, dans un coffre dont on aurait la combinaison d'ici ce soir.

Nous n'avions pas à en savoir plus pour le moment.

Anton a claqué des mains et signifié par là même la fin de la réunion.

La journée a repris comme elle avait commencé. Nous faisions tous comme si rien ne s'était dit, chacun vaquant à ses occupations.

J'avais envie de poser mille et une questions mais je savais pertinemment que ce serait malvenu et que je n'obtiendrais aucune réponse. Alors je prenais mon mal en patience, appréhendant cet instant autant que je l'attendais, me fondant dans le moule, passant le temps.

Le soir est arrivé paresseusement et la tension est montée d'un coup, nous rendant tous silencieux. Nous errions comme des fantômes, sans but.

Dans cette atmosphère, la villa devenait inhospitalière. Elle se révélait sous un autre jour, inquiétante et immensément vide.

Et puis Heinz a débarqué de nulle part et il a proféré :

« Ana, Kramer, Billie, Elias et Roman, on y va. »

On l'a suivi dans un grand dressing, au dernier étage. L'excitation nous gagnait tous. On a enfilé des combinaisons intégrales noires, des chaussures noires ainsi que des gants fins et collant à la peau, noirs eux aussi.

Il a ensuite donné à chacun d'entre nous un masque en plastique rigide de la même couleur. Ces masques vénitiens lisses et sans expression.

Kramer a enfourché la moto, Billie est montée derrière lui. Heinz s'est installé au volant de la B.M., Elias à ses côtés. Je me suis assis à l'arrière avec Ana.

Tout semblait naturel.

Anton a déposé les derniers sacs dans le coffre, frappé deux coups sur la carrosserie pour signifier que tout était O.K., et on s'est mis en route.

Le front de mer était désert à cette heure-là. Les noctambules avaient migré vers le Carré Rouge et les familles étaient depuis longtemps rentrées.

Kramer ouvrait la voie.

Elias a sorti sa boîte à coke, s'est mis la cuillère dans le nez deux fois et a fait tourner. On s'est chargés à mort. Je sentais la drogue inonder mes veines, mon cœur, ma tête. J'avais envie d'en découdre et ma jambe droite s'agitait toute seule, trahissant mon impatience.

Ana a posé la main dessus. Je me suis calmé.

J'ai baissé la vitre. L'air, humide et iodé, s'est engouffré violemment dans l'habitacle.

Au bout d'une heure environ, la moto a viré à droite. On l'a suivie dans un étroit chemin de rocaille très abrupt. Heinz et Kramer ont coupé les phares. Nos yeux se sont rapidement habitués, car la lune brillait suffisamment pour qu'on y voie quasiment comme en plein jour. Kramer s'est arrêté et Heinz s'est garé un peu plus loin, dans un renfoncement. Il a donné les clés à Elias en descendant de la voiture. Ce dernier est passé derrière le volant.

Heinz s'est éloigné. Ana m'a fait signe de ne pas bouger.

J'ai respiré profondément en essayant de faire le vide.

J'entendais mon cœur dans mes tempes et mes oreilles.

La portière s'est ouverte.

« Suivez-moi », a chuchoté Heinz.

On a pris des cordes et des sacs dans le coffre, on a enfilé nos masques et rejoint les autres, accroupis le long d'un haut mur d'enceinte en pierre de taille.

Heinz nous a fait le topo.

Kramer s'occuperait des statuettes, Billie et lui du coffre-fort, Ana et moi des tableaux.

Il s'est ensuite lancé à l'assaut du mur, qui culminait à presque trois mètres, se hissant souplement et en silence.

Au sommet, il a inspecté les alentours, puis déroulé la corde, solidement fixée à un piton. En quelques secondes, on s'est tous retrouvés de l'autre côté. Heinz a vérifié que l'équipe était au complet et s'est élancé en direction de la villa.

On s'est faufilés entre les arbres d'un grand parc, leurs ombres dessinées par la lune donnant à la propriété un air inquiétant.

Tout est ensuite allé très vite.

Heinz a forcé la porte de la cuisine.

On a retenu notre souffle. Pas d'alarme.

Le type avait bien bossé. Soulagement général.

Heinz était comme chez lui. Il semblait connaître les lieux comme s'il y avait toujours vécu. Son aisance et sa sérénité m'impressionnaient. Je ne le connaissais pas sous ce jour-là. Il se révélait.

Il a indiqué à Kramer les escaliers en faisant un signe de la main vers la droite, puis le chiffre trois. Kramer a hoché la tête. Il est monté.

Il nous a ensuite montré deux pièces au bout d'un couloir, et il a dit tout bas mais très distinctement :

« Richter. Freud. Soulages. »

Ana a acquiescé.

Dans la première pièce, elle s'est immédiatement dirigée vers un imposant tableau noir avant de me faire signe d'approcher. On l'a décroché du mur et posé par terre. Elle a sorti un cutter et, méticuleusement, a découpé la toile au plus près du bord. On l'a ensuite roulée avec précaution avant de la glisser dans un grand tube de plastique.

Cinq minutes plus tard, nous roulions Richter. Freud fut une formalité.

Je suais dans ma combinaison. J'étais excité. La coke me donnait des ailes.

On a rejoint les autres dans le hall d'entrée. Heinz a jeté un œil aux sacs, levé le pouce et on a filé.

Elias a fait démarrer la voiture en nous voyant sauter du mur et on a suivi la moto qui, comme à l'aller, ouvrait la voie.

La B.M. vrombissait sur la voie express. Mon cœur battait vite. Je me sentais bien.

Le portail était ouvert quand nous sommes arrivés, les portes des garages aussi.

Elias et Kramer ont rangé les véhicules à l'intérieur. Münch et Tony ont refermé aussitôt derrière eux.

Anton est apparu, téléphone à l'oreille. Heinz a levé son pouce.

Anton a juste dit : « C'est bon. »

Puis il a raccroché.

La descente fut longue et douce. On a bu de la vodka, on s'est déshabillés, on a tous plongé dans la piscine. L'excitation était encore à son paroxysme mais la peur et l'angoisse avaient disparu. Nous n'étions que joie et euphorie. Les garçons ont pris les filles sur leurs épaules et se sont affrontés dans de bruyants et désordonnés combats. À chaque chute, nous devions boire une rasade de Zubrowka.

Ma tête tournait. Je ne pouvais plus m'arrêter de rire. Je voulais que ce moment dure toute une vie. Je me sentais fort, je me sentais libre. J'avais aimé cette mission. J'avais envie d'y retourner. De recommencer. J'étais fait pour ça.

Je suis sorti de l'eau et je me suis allongé dans un transat en les regardant s'amuser.

Münch coulait Polly et Zelda en s'appuyant sur leurs épaules. Elles hurlaient et promettaient une terrible vengeance. Ana et Billie s'essayaient à la natation synchronisée. Heinz, Elias, Tony et Anton se passaient un petit ballon orange, joint aux lèvres. Ils restaient ultra-concentrés pour que la balle ne touche pas l'eau. On aurait dit que leurs vies en dépendaient. Kramer flottait tranquillement sur un matelas gonflable, se laissant porter et dériver au gré des poussées des uns et des autres. Leurs voix résonnaient dans cette nuit qui nous appartenait, une nuit chaude aux parfums de myrrhe et de jasmin.

La boule dans mon ventre était pourtant toujours là, mais j'avais appris à vivre avec. Elle faisait partie intégrante de moi désormais. Je ne savais pas encore ce qu'elle annonçait mais j'avais décidé de ne plus y prêter attention. Ça marchait plutôt pas mal.

La fraîcheur du marbre sous mes pieds était agréable quand je suis rentré. J'ai pris une bière et je l'ai bue seul, en déambulant dans la villa.

Les pièces communiquaient toutes entre elles par de hautes portes sculptées. Je me suis attardé devant des tableaux, des bibelots exotiques, j'ai feuilleté négligemment les livres d'art posés un peu partout, et puis je me suis rendu compte qu'il y avait encore des endroits de la bâtisse que je ne connaissais pas, alors je suis monté à l'étage, j'ai emprunté le couloir des chambres et gravi les escaliers qui menaient au deuxième.

Un grand corridor, identique à celui du dessous, distribuait six pièces sur ses côtés, et une septième, face à moi, tout au bout.

J'ai voulu ouvrir la première porte, par curiosité, mais elle était fermée à clé.

J'ai essayé à nouveau, en y mettant un peu plus d'intensité, comme si une pression plus forte sur la poignée allait débloquer le verrou. Il n'en fut évidemment rien. Je n'ai pas insisté.

La pièce adjacente était elle aussi inaccessible. J'ai continué ainsi, mais je ne trouvai que portes closes.

Chose étrange, la septième et dernière était en revanche légèrement entrouverte.

Je me suis approché, sur la pointe des pieds, j'ai jeté un œil par l'étroite embrasure et j'ai poussé la porte délicatement.

La pièce était spacieuse et il ne faisait aucun doute qu'il s'agissait de la chambre d'Igor.

Tout était soigneusement rangé.

Au fond, trônait un grand lit à baldaquin de velours prune sur lequel étaient disposés d'épais coussins de satin grenat. À côté, des fauteuils à haut dossier, deux tables de chevet anciennes.

Sur la droite, un bureau rectangulaire faisait face à une fenêtre donnant sur le parc.

Je m'y suis assis et je pouvais de là voir mes amis s'ébrouer dans la piscine, le son étouffé de leurs cris de joie me parvenant distinctement.

J'ai caressé la surface de bois polie et ouvert le premier tiroir, n'y découvrant que des cartes de visite et des enveloppes vierges.

Le deuxième contenait de vieux cahiers remplis de chiffres ainsi que quelques cartes postales sans importance.

C'est dans le troisième que j'ai découvert la boîte en acajou.

Un liseré de nacre formait des arabesques sur le dessus.

Je l'ai sortie, posée sur le bureau, puis j'ai soulevé délicatement le couvercle. Mon cœur s'est emballé. Un trouble obscur m'a submergé.

Par réflexe, j'ai regardé autour s'il n'y avait toujours personne.

Il était là, devant moi. C'était un vrai. Sur son flanc était gravé Beretta.

Je l'ai saisi par la crosse, et il était plus lourd que je ne l'imaginais. Je l'ai observé sous toutes les coutures, puis je me suis levé et j'ai commencé à viser.

Je me sentais puissant. Je me sentais respectable. Je me sentais invincible.

J'ai vérifié à nouveau que personne ne m'observait, et j'ai fait semblant de tirer. J'étais Scarface, j'étais Escobar, j'étais El Chapo. Le monde ne m'effrayait pas. J'en étais son centre et bientôt son maître.

Je tenais en joue un gros vase antique en céramique quand je me suis soudain rendu compte que j'ignorais si le pistolet était chargé ou non. Une onde frémissante a parcouru mon corps, un courant froid a électrisé ma colonne vertébrale.

J'ai baissé prudemment les bras, pointant le canon vers le sol.

Je ne savais pas m'en servir.

Je ne savais même pas ôter le chargeur.

Je ne voulais pas faire de connerie.

Je l'ai reposé dans sa boîte, et je l'ai rangé là où je l'avais trouvé.

J'ai vérifié que je n'avais pas laissé de traces et je suis redescendu.

Les anges m'ont applaudi lorsque j'ai posé le pack de bières sur la margelle de la piscine.

Au loin, les premières lueurs du jour apparaissaient. Nous n'avions pas sommeil. Ana est sortie de l'eau, a glissé son corps frais contre le mien et m'a embrassé le torse. Elle m'a demandé pourquoi j'étais parti aussi longtemps.

Je n'ai pas répondu.

Je pensais à la boîte en acajou.

Je pensais au Beretta.

12.

Le mec bichonnait sa voiture. Un cabriolet Lamborghini bleu Monterey. Neuf.

Il passait un chiffon doux sur le capot et vérifiait que tout était nickel. Il avait la caisse, la gueule, les fringues et l'attitude du fils à papa qu'on avait tous envie de claquer. Le petit bourge de la côte à qui on a offert un monstre de sept cents chevaux pour ses vingt ans. C'est vrai, merde, on n'a pas tous les jours vingt ans. Tu verras, c'est le bel âge. Et on ne les a qu'une fois. Tiens, du coup, maman et moi, on te paie une décapotable pour que tu puisses t'épanouir et choper plein de gonzesses. On t'aime, tu sais.

Le type vérifiait si on le matait. Mais personne ne lui prêtait attention.

Il se faisait son propre show et, au fond, ça lui suffisait.

J'avais la nausée rien qu'à l'observer.

Une vieille, vraiment vieille, en short blanc et chemisier imprimé floral, promenait son yorkshire. Il tirait comme un malade sur la laisse. Elle marchait à deux à l'heure.

Ils n'étaient pas faits pour s'entendre. Mais ce n'était pas grave. Ils faisaient avec. Surtout le chien.

Elle portait une visière verte et de grandes lunettes de soleil ornées de dorures rococo. Il était affublé d'un élastique pour tenir ses poils hors de ses yeux.

Il faisait de drôles de bruits. Elle aussi.

Elle a brusquement rétracté la sangle, catapultant le chien en arrière, puis l'a porté à son visage. Le clebs s'est mis à lui lécher la bouche. Elle a ri de plaisir. Il a jappé. Une autre vieille est arrivée et s'est exclamée devant tant de mignonnerie. Elles se sont serré la main, puis s'en sont allées en papotant. Le chien s'est calé sur la poitrine opulente de sa maîtresse. Ils ont disparu au coin de la rue.

J'ai terminé mon café et demandé la note au serveur.

Deux filles d'environ quinze ans sont passées devant moi. La première a donné un coup de coude à sa copine qui a pouffé de rire en me dévisageant. Je leur ai souri avec assurance. Elle a chuchoté quelque chose à l'oreille de son amie, qui s'est esclaffée de plus belle.

Elles ont continué leur chemin et la plus grande s'est retournée plusieurs fois. Ça m'a amusé.

Le serveur m'a apporté la note et gratifié de commentaires salaces sur ces gamines en les reluquant de haut en bas. J'ai pensé « merde, mec, elles ont quinze ans. T'es vraiment un vieux vicelard », mais je n'ai rien dit. J'ai juste hoché la tête et réglé ce que je devais.

J'aimais de plus en plus venir dans ce bar, le matin. Ça me faisait du bien de m'isoler un peu. Il y avait toujours quelque chose qui se passait. Je prenais systématiquement le journal au comptoir, mais je ne dépassais jamais la première page. J'étais toujours attiré par autre chose.

Le jeune bourge a démarré et fait rugir son moteur en prenant un air blasé. Il a mis la musique très fort pour se donner une contenance. Du rap US, *fat* et sale, labellisé gangsta. Évidemment. Galvanisé par les *nigga*, *mothefucker* et autres *explicit lyrics*, il a accéléré brutalement, provoquant un vacarme ahurissant. Il a tourné au bout du port, puis disparu, mais on l'entendait toujours plusieurs secondes après.

Au loin, un paquebot prenait le large, entouré de plusieurs yachts qui paraissaient minuscules à ses côtés. Il a fait retentir sa corne de brume. Un au revoir monocorde sur une mer d'huile.

Je l'ai regardé disparaître et j'ai alors réalisé que je n'avais jamais mis les pieds sur un bateau.

Ça m'a d'abord étonné puis rendu un peu triste.

J'ai pris ma veste et j'ai quitté le rade en courant.

J'ai mis ma casquette des Lakers, attrapé une bouteille d'eau, quelques fruits, préparé quatre sandwiches et j'ai fourré tout ça dans mon sac à dos.

J'ai retrouvé Ana et je lui ai déclaré :

« Viens ! Je t'emmène déjeuner sur l'île. »

Cinq minutes plus tard, nous dévalions la colline en direction du port.

Le type avait vraiment une sale gueule. Entre le vieux taulard revanchard et le marin revenu de tout. Il louait des bateaux pas cher. C'était ce qui m'importait. Mais je ne pouvais pas m'empêcher de penser qu'il avait tout de même une sale gueule.

Il reluquait Ana et j'ai fait semblant de ne pas remarquer. Il m'a proposé de laisser mes affaires dans son bureau. J'ai regardé la cabane en planches et en tôle. J'ai regardé le mec. J'ai répondu que je ne préférais pas, mais merci.

Il m'a montré les manœuvres de base, j'ai payé cash et il est reparti dans son cabanon.

J'ai poussé le ponton du pied et j'ai mis les gaz. Tout m'était naturel, comme si j'avais toujours navigué.

Je suis sorti avec précaution du port et quand le bateau a été lancé à pleine vitesse, j'ai eu l'impression de voler. Assise à la proue, Ana criait de joie à chaque vague que nous franchissions. Elle était belle, dans son débardeur blanc trop grand, à retenir comme elle pouvait son large chapeau de paille.

Je me sentais l'âme d'un aventurier, dans mon hors-bord de six chevaux.

Je me sentais un homme.

J'ai repensé au Beretta.

J'ai repensé à Igor.

J'ai repensé à hier.

Ana s'est collée à moi. Nous approchions.

On a amarré, étudié le plan de l'île dessiné sur un panneau en bois, et on s'est engagés sur un sentier de sable recouvert d'aiguilles de pin.

Après une heure de marche, on est arrivés de l'autre côté. D'énormes rochers nous séparaient de la mer. On les a escaladés et on est descendus tant bien que mal jusqu'à l'eau.

Il n'y avait plus rien devant nous. Juste du bleu à perte de vue.

À l'ombre des mélèzes, on prenait la vie comme elle venait, douce et sans nuage. On a parlé, beaucoup, et puis on s'est tus.

« Tu faisais quoi avant de vivre à la villa ? » ai-je questionné innocemment pour relancer la conversation.

Ana n'a pas cillé, le regard braqué sur l'horizon.

« C'est vrai, tu me racontes jamais rien sur toi.

– C'est pas très important, si ?

– Un peu quand même. Je ne sais pas d'où tu viens, où tu as grandi… Rien.

– Tu me connais aujourd'hui, c'est le principal. »

Elle a posé la tête sur mon épaule. J'ai caressé son dos.

« Je viens d'un endroit où je ne veux pas retourner. Ce que j'ai fait avant, je ne veux plus y penser. L'important, c'est ce que je suis et ce que je fais aujourd'hui. »

J'avais envie de la protéger, de lui assurer que tout allait bien se passer maintenant. Je comprenais tellement ce qu'elle ne disait pas. J'avais envie de lui promettre un futur digne d'elle. De sa grandeur. De sa beauté.

Je n'ai pas su comment m'y prendre. Je l'ai juste serrée très fort.

« Allez, on va nager ! » a-t-elle fini par décréter, en se déshabillant.

Dieu qu'elle était belle.

Tout en elle me touchait. Tout en elle, je désirais.

Elle a plongé. Je l'ai rejointe.

On a fait les fous dans l'eau un bon moment, puis j'ai regagné le rivage.

« Le déjeuner de madame est servi ! » ai-je crié en lui montrant notre festin.

Les sandwiches étaient infects mais on s'en foutait. Nous étions tellement bien. Nous savourions l'instant pour ce qu'il était. Beau, simple et ensoleillé.

C'est en cette fin de matinée que quelque chose de spécial s'est installé entre nous. Un lien plus profond, plus solide.

Rien d'extraordinaire n'est arrivé et pourtant, tout en nous a changé sur cette île.

Quelque chose de plus fort que nous nous avait emmenés jusqu'ici, sur ces terres de bout du monde. Quels qu'eussent été nos parcours, nous avions fini par nous rejoindre, par nous trouver. Comme si tout cela était écrit.

Nous découvrions enfin que nous n'étions pas seuls.

Nous étions désormais deux.

Et rien ni personne ne nous volerait ça.

Alors je lui ai dit que je l'aimais.

Alors elle m'a dit qu'elle m'aimait.

13.

Nous étions tous réunis dans le bureau.

Igor, très solennel, a allumé un Montecristo. Personne ne disait rien.

Il a tiré plusieurs fois sur l'énorme cigare. Je ne me sentais pas tranquille. Je ne voyais pas ce qui pouvait clocher mais j'étais persuadé d'être en faute.

Il a baissé les yeux, soufflé une opaque volute blanche et un sourire est apparu sur son visage. Il s'est raclé la gorge avant de nous dire combien il était satisfait que la mission ait été accomplie avec brio.

Je me suis senti instantanément léger. J'ai regardé les autres. On était tous emplis d'un étrange sentiment de fierté malgré ce qu'on avait accompli.

Igor était heureux, Igor était fier de nous, et ça signifiait beaucoup pour moi.

Il a poursuivi son discours mais je n'écoutais qu'à moitié. J'étais sur un nuage, comme après une victoire.

Il a ouvert sa boîte à havanes et nous a priés de nous servir. Ce qu'on a fait.

Il s'est ensuite saisi d'un attaché-case en cuir et s'est assis. Il a appelé Heinz, qui s'est avancé vers lui. Il lui a tendu une fine liasse de billets. Heinz l'a remercié avant de quitter la pièce.

Il a appelé Elias. Même rituel.

On aurait dit un prêtre distribuant les hosties.

Il a récompensé tout le monde, même ceux qui n'étaient pas de l'expédition.

Tout s'est déroulé en silence.

Quand Kramer est à son tour sorti, il ne restait que moi.

Igor a fermé la porte, s'est installé au bord du bureau, puis m'a fait signe d'approcher. Il a saisi mes mains et m'a souri tendrement. Je ne savais plus où me foutre.

« Comment s'est passée cette première mission, Roman ? »

Il avait de longs doigts fins et des ongles impeccables.

« Plutôt pas mal. »

Ça l'a fait rire.

« Plutôt pas mal ? C'est tout ? »

J'ai baissé les yeux comme un gosse.

« Qu'as-tu ressenti, cette nuit-là ? »

J'ai réfléchi.

« De l'excitation. De la peur. Du plaisir. Je crois que j'ai aimé ça. »

Il a soupiré, satisfait.

« Bien. Selon Heinz, tu t'en es très bien tiré. Tu es un ange parfait. Je ne me suis pas trompé. »

Il me tenait toujours.

« Et tu te plais ici ?
– Beaucoup…
– Bien. Décidé à continuer avec nous ? »

Je n'étais pas sûr d'avoir d'autre choix de toute manière mais la réponse était évidente.

« Absolument. »

Il m'a lâché et a sorti deux liasses de sa poche.

« La première, c'est ce que je te dois. La deuxième, disons que c'est un petit cadeau de bienvenue. »

J'ai balbutié un « merci », des étoiles plein les yeux. Je n'avais jamais eu autant d'argent en ma possession. Il m'a serré dans ses bras. Il sentait bon l'homme raffiné et rassurant à la fois.

« Allez, file », il a dit en relâchant l'étreinte.

J'ai couru jusque dans ma chambre et j'ai compté l'argent. Je n'en revenais pas.

J'avais quatre mille putains d'euros sur mon lit. J'ai sauté de joie et me suis roulé sur ce tapis de fric. J'étais hystérique. J'ai jeté les billets en l'air et je les ai regardés pleuvoir sur moi.

Je passais mon temps à boire, baiser et m'amuser et, pour quelques minutes d'adrénaline, j'étais payé comme jamais. C'était trop pour moi en une journée. Ana, l'île, et maintenant ça.

J'ai fourré mon butin dans un sac que j'ai remisé au fond du placard.

Dans le jardin, la fête se préparait. Le barbecue rougeoyait et Münch remixait de vieux morceaux de stoner californien. J'ai allumé mon cigare et je les ai rejoints en prenant des airs de caïd.

Ils m'ont accueilli en sifflant et en m'applaudissant, alors j'ai tourné sur moi-même en faisant un peu de shadow et je me suis mis à danser comme un fou en secouant la tête. Tout le monde m'a rejoint et on a entamé un pogo furieux en chantant les refrains aussi fort qu'on pouvait.

Quand je me suis couché, mon cœur battait vite. Ana s'est calée contre moi. J'ai fermé les yeux et j'ai rêvé d'elle, de cieux clairs, de Soulages et de Richter.

14.

La promenade était quasi déserte. Le serveur a posé mon café à côté du journal et la première gorgée m'a réveillé d'un coup.

La radio diffusait une chanson italienne ringarde pendant que du lointain me parvenaient les échos industriels du chantier naval.

Devant moi, les bateaux de croisière ancrés dans la baie flottaient immobiles.

J'ai bu une deuxième gorgée et j'ai ouvert le quotidien.

Passé les nouvelles politiques et météorologiques – l'été battait des records de chaleur, explosant les normales saisonnières –, je suis tombé sur la photo d'un barbu en costard avec au-dessus, titré en gras : « Cambriolage à la villa du Rocher ».

Je me suis redressé d'un coup, électrisé. J'ai instinctivement jeté un œil autour de moi avant de poursuivre ma lecture.

L'homme était un oligarque russe spécialisé dans l'exploitation du gaz et un investisseur reconnu dans le marché de l'art. On venait de lui voler pour plusieurs millions de dollars de marchandise.

La police ne tenait pour l'instant pas la moindre piste mais le journaliste se hasardait tout de même à évoquer le *gang des villas,* revenant sur la série de casses perpétrés depuis plusieurs mois dans la région, et notant plusieurs similitudes évidentes dans le modus operandi.

J'ai commencé à paniquer.

J'ai terminé l'article et je suis parti en emportant le journal avec moi.

La nouvelle n'a semblé inquiéter personne. Polly m'a dit qu'Igor gérait, qu'il n'y avait aucun souci à se faire. Ça ne m'a qu'à moitié rassuré. Elle a ajouté qu'il y avait toujours ce genre de papier le lendemain des missions, qu'il ne fallait pas que je m'inquiète, qu'on ne risquait rien. Elle a posé une main qui se voulait rassérénante sur mon épaule, m'a souri puis caressé maternellement la joue avant de s'en aller.

J'ai jeté le quotidien sur la table et je suis monté dans ma chambre.

Ana était partie en ville avec Billie. J'ai senti le stress augmenter.

J'ai enfilé un short, des baskets et je suis allé courir.

J'avais les idées confuses.

Je me suis enfoncé dans les bois qui jouxtaient le domaine, cavalant à vive allure entre les arbres, sur un sentier de sable et de terre. J'ai pensé à cette nuit, j'ai pensé à Igor, à Ana, aux tableaux de maître, au Beretta, au Russe, à José, à la salle de boxe, aux trempes que me mettait mon père, au pognon dans mon placard, au *Squat*, à Luigi, aux anges, à ma mère et aux paquebots de croisière qui s'éloignaient vers l'horizon.

Je courais de plus en plus vite, j'étais porté par une énergie incroyable. Je zigzaguais entre les obstacles, sautant par-dessus les souches, évitant les branches, jamais hors d'haleine. Tous mes sens étaient en éveil.

Je m'imaginais poursuivi et j'en tirais une certaine jouissance. Jamais personne ne pourrait me rattraper, je volais, je filais, j'étais une ombre, un courant d'air. Les images se succédaient dans ma tête, se fondant les unes dans les autres. La sueur brûlait mes yeux.

Au bout d'un moment, le chemin a débouché sur un à-pic de plusieurs dizaines de mètres, surplombant des rochers battus par la mer.

J'ai repris mon souffle. Les vagues se brisaient violemment contre la paroi de rhyolite, créant une épaisse écume dans un bruit sourd et régulier.

Le soleil tapait fort. La chaleur montait à mon visage. J'ai avancé encore un peu et quelques cailloux sont tombés lorsque mon pied s'est posé au bord.

Je me tenais immobile, le regard rivé sur les flots.

Le ressac laissait entrevoir les roches acérées en contrebas, taillées par les vents, l'eau et le temps. Le désordre dans ma tête a cessé. Je n'ai plus pensé à rien.

J'étais juste fasciné par le vide, hypnotisé par ce mouvement continu, furieux et souple à la fois. J'ai fait un pas en avant, laissant le bout de mes chaussures pendre au-dessus du précipice. J'ai avancé la tête au maximum et, l'espace d'un bref instant, j'ai imaginé me laisser doucement basculer en avant.

Je n'ai éprouvé aucune peur à cette idée, bien au contraire.

Cela paraissait si simple. Je pouvais ressentir l'ivresse de la chute, les embruns sur ma peau, la vitesse grandissante, l'inexorable gravité, le vertige de ne plus rien contrôler, les regrets inutiles, et puis la délivrance, le silence et la nuit.

Je savais pertinemment que je ne sauterais pas, mais cette vision prenait sournoisement le contrôle, grandissait, se matérialisait, devenait tangible, possible, envisageable.

Je me suis soudainement senti très triste. Tout allait si bien quelques minutes auparavant. Ces derniers jours avaient été merveilleux et je ne comprenais pas ce que je faisais là ni comment j'étais parvenu à ce sombre marasme.

Je n'arrivais plus à réfléchir, je n'arrivais plus à ressentir.

J'aimais Ana, j'aimais ce que je vivais avec les anges, mais j'avais là, si aisée, la possibilité de tout faire foirer, encore une fois.

Je ne pouvais détacher mon regard de la mer carnassière.

Alors, comme une suite logique, les raisons de sauter ont afflué. Parmi elles et au-dessus de tout, la peur de tout perdre, encore, qu'on me reprenne ce bonheur, qu'on m'abandonne. C'en est devenu insoutenable.

Les larmes ont coulé sans que je les sente monter. Ma vue s'est dangereusement troublée.

Mieux valait partir maintenant, quitter la fête alors qu'elle battait encore son plein. J'avais vécu vite et mal, il me fallait mourir jeune et avec panache. J'avais le pouvoir d'être pour la première fois maître de mon destin. On me pleurerait, me regretterait, on se souviendrait de moi longtemps, on se demanderait ce qui m'avait amené là. Je resterais à jamais l'éternel espoir, le visage d'une belle jeunesse, l'insoumis magnifique.

Je n'avais presque rien à faire. Juste me pencher légèrement en avant. Ça ne prendrait que quelques secondes. À quoi penserais-je durant la chute ? Aurais-je le regret chevillé à l'âme au moment de l'impact ? Ou bien ne serait-ce qu'un soulagement ?

Le sang battait fort dans mes tempes.

Mes cuisses étaient tétanisées, dures comme l'acier. Machinalement, j'ai alors fait un pas en arrière. Puis un autre.

J'ai senti la fraîcheur de la forêt dans mon dos, et mes muscles se sont détendus, ma respiration s'est apaisée et la raison est revenue au galop.

La pulsion et le désordre se sont évaporés instantanément et la culpabilité s'est invitée.

J'avais honte de ce qui venait de se passer et je mesurais l'énorme et irrémédiable erreur que j'avais failli commettre.

C'est à ce moment-là que la peur, la vraie, est arrivée, fulgurante.

J'ai pris conscience, comme une claque dans la gueule, qu'au fond, je ne me connaissais pas, que j'ignorais tout de moi et de ce que j'étais capable de faire.

J'ai eu soudainement froid et très soif.

J'ai rebroussé chemin, laissant derrière moi le vacarme des vagues s'assourdir au travers des pins parasols à mesure que je m'éloignais.

J'avais les jambes coupées, j'étais incapable de courir ; j'ai juste marché aussi vite que j'ai pu.

Au bout de quelques minutes, j'ai remarqué sur ma droite une piste à peine visible, bordée de fougères et de broussailles. Elle était très étroite et descendait un versant de la colline que je ne connaissais pas. J'étais toujours sous le choc et la perspective de ne pas rentrer tout de suite, de rester seul avec moi-même était plutôt la bienvenue. J'avais l'impression qu'il me fallait trouver un nouveau chemin, une route à explorer et qu'ils se présentaient là, juste devant moi. Je me suis senti soudain guidé par quelque chose qui me dépassait et j'ai aimé ça. Je n'ai eu ni l'envie ni la force de résister, alors j'ai continué à avancer.

J'ai crapahuté une quinzaine de minutes avant que le sentier ne s'élargisse, quittant la forêt pour une roche brute et vide de végétation. C'était plus ardu. Je me suis accroupi et j'ai descendu le talus sur les fesses, en dérapant. La pierre était chaude et rêche, recouverte d'un fin gravier clair très glissant. De la poussière s'est élevée haut derrière moi comme mes pieds freinaient ma descente.

Arrivé en bas, j'ai continué une centaine de mètres sur un terrain caillouteux à nouveau plat, et je suis arrivé devant une voie ferrée qui semblait désaffectée. Ses rails traversaient cette vallée désertique, encastrée entre les hautes falaises blanches et hostiles.

Les cigales chantaient à s'érailler et le soleil cognait.

J'ai réfléchi quelques secondes et je suis parti vers la gauche.

Le vent ne parvenait pas jusqu'ici et les collines de gneiss crachaient une chaleur vive et étouffante. J'ai marché sur les traverses, m'assurant régulièrement qu'aucun train n'arrivait. Ma tête tournait, mes bras étaient recouverts de poussière.

Après quelque temps, la voie s'engageait dans un tunnel qui transperçait la montagne. Je me suis arrêté un moment. Le soleil au zénith empêchait mes yeux de s'habituer à l'obscurité. Impossible de savoir ce qui s'y trouvait et sur combien de mètres il courait. J'ai tendu l'oreille mais je n'ai rien perçu. J'ai regardé derrière moi, puis en haut. Je n'avais pas d'autre choix de toute façon. Alors je m'y suis engouffré.

15.

Mes parents sont de sortie ce soir. Ils m'ont laissé seul. Je n'aime pas ça.

J'ai un peu peur dans la maison, la nuit. Il y a des bruits de charpente et de plomberie, et j'ai beau le savoir, je sursaute à chaque fois.

Ma mère m'a fait un sandwich au jambon et m'a laissé une cannette de jus d'orange ainsi qu'une banane. Je n'ai pas osé me mettre devant la télé par crainte de ne pas entendre si quelqu'un pénétrait à l'intérieur, alors j'engloutis tout d'une traite, à la cuisine.

Ensuite, je m'enferme dans ma chambre et j'allume toutes les lumières.

Ma fenêtre devient un miroir dans lequel le reflet de ce gamin livré à lui-même m'inquiète. Il me renvoie à tous ces films d'horreur que je n'aurais pas dû voir.

Mon père s'en fout que je regarde des films comme ça. Il dit à ma mère que je sais très bien que c'est du cinéma, que je ne suis pas con à ce point. Et puis ça ne peut pas me faire de mal, je suis une telle chochotte que ça ne peut que m'endurcir. C'est sa manière à lui d'être fier de moi.

Sur le coup, j'arrive bien à tenir l'épouvante à distance, en m'imaginant les projecteurs tout autour, la caméra et le réalisateur avec son porte-voix. Dans les moments où je commence à avoir vraiment la frousse, ce stratagème fonctionne à merveille. Mais c'est après que l'effroi revient, lorsque le film est terminé et que je me retrouve dans mon lit. Les visages, la musique, les cris, tout me hante. Je tente par tous les moyens de me rassurer mais une part de moi, irrationnelle et incontrôlable, prend généralement le dessus et brouille mes repères, créant une nouvelle réalité encore plus effrayante. Mais je n'en montre rien, je ne dis jamais rien, je prends sur moi et je me confronte à ma peur.

Je ne veux pas qu'il me voie comme ça. Je veux flatter son ego de père en étant momentanément le fils dont il rêve.

Dehors, les arbres du jardin sont chahutés par un puissant vent d'hiver.

J'ai sorti tous mes jouets que j'ai éparpillés sur la moquette et je joue avec deux super-héros en plastique. Superman colle une dérouillée à Spiderman.

Ça dure un temps, et puis j'en ai marre.

Je jette les figurines à l'autre bout de la pièce, puis un œil autour de moi, et je sens poindre l'irrémédiable ennui.

Je reprends alors confiance, ouvre prudemment ma porte et passe une tête dans le couloir où j'ose finalement m'aventurer. Les murs recouverts de liège exhalent un parfum particulier que je n'ai jamais aimé. J'avance machinalement vers la chambre de mes parents, au bout du corridor, et j'y entre.

Tout est si paisible quand ils ne sont pas là. Je m'allonge sur l'édredon et je sens leur odeur. J'y suis bien. Les pensées obscures disparaissent.

Sur la table de chevet de maman, il y a une photo de nous trois. Elle porte un grand chapeau de paille et une robe bleu clair, moi un tee-shirt blanc sur un short rouge. Mon père l'enlace en bombant le torse. Elle a sa main posée sur mon épaule. Je suis calé entre eux, un bob trop grand vissé sur la tête. On a l'air heureux.

Ça me rend triste, alors je roule de l'autre côté du lit. Il y a sur le sol des magazines par dizaines. Des hebdomadaires, un programme télé, des mensuels scientifiques, des catalogues d'outillage, des journaux politiques. Sur la table de nuit, un livre sur la Deuxième Guerre mondiale et des somnifères.

Le papier peint est un peu passé et les fleurs qui l'ornent n'ont plus l'éclat d'antan.

Je me lève et j'ouvre les tiroirs de la commode. Des sous-vêtements, des pyjamas, des tee-shirts.

Dans le placard, les robes de maman et les chemises de mon père.

Et puis, il y a ce petit meuble que je n'ai pas le droit d'approcher et qui, de fait, excite depuis toujours ma curiosité.

C'est un secrétaire chiné dans une brocante du coin. Un objet sans valeur et vraiment moche, mais mon père s'en est entiché.

Il y a quelques factures dessus, des stylos et une paire de lunettes de vue. Il en a besoin pour lire depuis quelque temps.

En dessous, deux portes closes toujours fermées à clé.

J'y pose néanmoins mes doigts et, sans trop y croire, exerce une légère pression.

À ma grande stupéfaction, les battants s'entrouvrent. Je n'en reviens pas.

Il n'y a presque rien à l'intérieur. Juste une boîte en métal et un album photos, que je m'empresse de feuilleter.

C'est l'enfance de mon père. Mes grands-parents, que je n'ai jamais connus, des oncles et tantes, des cousins éloignés. Des scènes de vie ordinaires immortalisées, des fragments d'existence. Des vacances à la mer, des repas de famille. Son sourire de petit garçon qui ignorait tout de l'homme qu'il deviendrait. Sa vie avant nous.

La dernière photo est un portrait de lui en noir et blanc, à l'armée. À l'époque, on partait tôt et longtemps. On le sent fier mais trop jeune pour cet uniforme gris. Je sais qu'il en a bavé, là-bas, même s'il n'en a presque jamais rien dit. C'est quelque chose que maman et moi savons mais dont il vaut mieux ne pas parler.

Il est beau, il n'a pas encore emprunté ces chemins sans issue ni fait les mauvais choix. Il est dans l'âge des possibles.

Je me sens à nouveau triste. Est-ce à cause de moi que tout a mal tourné ? Suis-je la raison de tout cela ?

Je referme l'album, chasse les idées noires et m'empare de la boîte.

Elle est lourde et difficile à manipuler. Mes doigts glissent sur le couvercle quand j'essaie de le faire pivoter. Je prends une paire de ciseaux sur le secrétaire et je fais levier. Elle finit par céder.

Je suis stupéfait quand je découvre le revolver à l'intérieur.

Putain, mon père a un flingue. Un Colt Special. C'est écrit dessus.

Je reste un bon moment comme ça, à le regarder sans savoir que faire et je finis par le prendre en main. Alors, instantanément, mes peurs disparaissent et j'éprouve une confiance inédite. Je suis troublé, je ne connais pas ce sentiment.

Je deviens fort, indestructible, comme mes superhéros. On ne peut plus me faire de mal.

Je déambule dans la pièce, arme au poing, et me prends même à faire semblant de tirer en imitant le son de la détonation. C'est grisant. Je sais qu'il ne s'agit pas d'un jouet, alors ça me procure des sensations plus intenses.

Mais je tombe sur la photo de nous trois en bord de mer et l'excitation s'éteint aussitôt que je croise le regard de mon père.

L'angoisse rejaillit, la certitude d'être dans l'illégalité, dans la faute, s'empare de moi, alors je range très vite le Colt, referme les portes du secrétaire et m'assure de ne laisser aucune trace de mon effraction. J'ai le cœur qui bat vite et la conviction que je n'aurais jamais dû ouvrir ce meuble.

Je retourne dans ma chambre et me réfugie sous les draps.

J'ignore combien de temps s'écoule avant que j'entende la voiture de mes parents sur le gravier du jardin, puis le son de la clé dans la serrure de la porte d'entrée. Ils essaient de chuchoter mais je comprends qu'ils sont soûls.

Ma mère entre maladroitement dans ma chambre. Je fais semblant de dormir. Elle embrasse mon front et laisse derrière elle quelques relents d'alcool. Mon père va directement se coucher.

Mais je m'en fous, ils sont là, de retour, et je me sens rassuré.

Je mets l'oreiller sur ma tête et je sombre pour de bon.

16.

Je m'habituais doucement à l'obscurité mais je ne voyais toujours pas à plus d'un mètre. L'entrée du tunnel n'était plus qu'une petite tache blanche loin derrière. Il régnait une odeur sauvage de moisissure et d'urine. Je me suis demandé ce que je foutais là, mais j'ai continué à avancer.

Je me suis appuyé à la paroi pour me diriger et ne pas perdre l'équilibre. De l'eau ravinait de la roche et des gouttes tombaient parfois du plafond sur mon crâne, me faisant sursauter. Je progressais très lentement et je prenais toutes les précautions nécessaires pour ne pas trébucher, mais mon pied a heurté le rail et j'ai chuté lourdement sur le ballast, percutant une bouteille et d'autres objets qui s'entrechoquèrent bruyamment. J'avais le tympan qui sifflait et les mains qui trempaient dans un liquide épais que je n'arrivais pas à identifier.

Je me suis relevé comme j'ai pu et je me suis forcé à respirer profondément pour ne pas sombrer dans une colère inutile. Je sentais diverses douleurs, mais avec les mains poisseuses et cette putain d'obscurité, impossible de pouvoir vérifier si j'étais vraiment amoché.

J'ai marché à tâtons pendant d'interminables minutes, la tête, le genou et le coude gauches endoloris, avant que la voie ne prenne un virage sur la droite et que j'aperçoive enfin au loin la fin du tunnel. Je me suis rapproché du mur, fixant la sortie et j'ai profité du peu de clarté retrouvée pour constater que mon coude était bien abîmé. Dans le silence qui m'enveloppait, il m'a soudain semblé percevoir très faiblement des voix. Elles étaient quasiment imperceptibles. J'ai tendu l'oreille mais plus rien ne m'est parvenu. J'ai attendu un peu, puis je me suis remis en marche, en allégeant au maximum ma foulée pour rester aux aguets.

Après quelques minutes, les sons réapparurent distinctement puis, dans la lumière crue et violente, des formes floues et distordues se sont dessinées. Un homme riait, un autre criait. Les contours se sont précisés et je distinguais désormais quatre silhouettes. J'ai cherché un recoin où me cacher, mais à part une armoire électrique à une dizaine de mètres d'eux, il n'y avait aucune planque.

Il me fallait encore parcourir une sacrée distance avant de l'atteindre et je n'avais pas envie de me faire repérer. Je me suis donc accroupi et j'ai progressé prudemment, sans jamais les quitter du regard. La lumière m'éblouissait et la chaleur à l'extérieur déformait les corps en un mirage intrigant. J'ai pris garde à ne pas me blesser davantage ni à heurter les nombreuses cannettes et bouteilles vides qui jonchaient le sol.

Je n'étais plus qu'à dix mètres. Tout était maintenant parfaitement distinct.

Des types en insultaient un autre. Ils semblaient agités et hargneux.

Cinq mètres.

L'un d'entre eux était des pays de l'Est. Un Russe. Ou un Polonais. Il avait le même accent qu'un copain de l'académie.

Deux mètres.

Encore un effort. Ne pas se déconcentrer. Le Russe-Polonais était torse nu. Costaud, l'animal.

Ça y est. J'y étais.

Je me suis dissimulé derrière le compteur électrique.

Trois mecs, dont le Russe-Polonais, en menaçaient un quatrième, acculé contre une haute clôture. Ce dernier ne semblait pas paniquer, bien qu'en très mauvaise posture. Les deux autres assaillants étaient plus petits que celui de l'Est, mais secs et nerveux comme des teignes.

L'un d'eux, arborant une coupe iroquoise, a saisi le garçon par le col. Celui-ci s'est dégagé aisément et, d'un geste prompt, lui a fait lâcher prise.

Le deuxième, le corps recouvert de tatouages, a bondi pour le plaquer contre le grillage tandis que le premier l'a rechopé au cou, l'air encore plus menaçant. Le Russe-Polonais s'est approché calmement en marmonnant des mots que je ne comprenais pas.

Je me suis demandé s'il allait falloir intervenir.

Je ne savais pas qui étaient ces gars ni quelles étaient leurs intentions. Encore moins s'ils étaient armés. J'ignorais si l'agressé était capable de se battre, même si son apparente sérénité me laissait présager que oui.

Je pouvais aussi passer mon chemin, retourner à la villa, boire une piña colada et embrasser Ana avant de plonger dans la piscine.

Mais tout cela me paraissait désormais loin et le chemin de retour jusque là-bas compliqué.

J'ai pensé rester planqué, le temps que ça se passe. Le mec allait se faire corriger, les Russes s'en iraient, j'irais l'aider à se remettre sur pied et je taillerais ensuite ma route jusqu'en terre promise. Ça me paraissait être le meilleur plan.

Mais le ton est monté encore d'un cran. La boule dans mon ventre s'est réveillée, et avec elle la honte et la culpabilité.

Je ne pouvais pas demeurer impassible et laisser ce garçon se faire lyncher.

Je me suis mis à cogiter.

Le balèze a pris le type par surprise en lui assénant un violent coup de tête. Son nez s'est mis à saigner abondamment. Les teignes ont éclaté de rire. Il lui a ensuite envoyé un direct dans le ventre et j'ai su que ça allait vite déraper.

Alors je n'ai plus réfléchi.

J'ai couru vers eux et au moment où l'Iroquois m'a vu arriver, je l'ai assommé d'un crochet à la tempe. Le Polonais a tourné la tête et le mec au nez en sang lui a balancé un coup de pied de mammouth entre les jambes, le pliant en deux. Le troisième gars s'est jeté sur moi et j'ai alors ressenti une douleur intense et soudaine dans le dos.

Je suis tombé à genoux, foudroyé. C'est là que j'ai compris qu'il y avait un quatrième homme, à la tignasse blonde peroxydée, que je n'avais pas pu repérer du tunnel. Il venait de m'envoyer un coup de batte dans les reins. Ça faisait un mal de chien.

Je me maudissais d'un tel manque de clairvoyance. Trois mecs, ça pouvait encore aller. Quatre, ça devenait beaucoup plus ardu.

Le tatoué m'a mis une droite que j'ai prise de plein fouet. Mon partenaire a donné un coup de coude au Russe-Polonais, qui s'est affalé, et il a fait une clé de bras à mon bourreau qui allait me mettre la deuxième. Le blond m'étranglait avec sa batte mais j'ai réussi à m'extraire de la prise. Je l'ai projeté au sol et j'ai bondi sur lui, l'immobilisant entre mes genoux en m'asseyant sur son torse.

Je l'ai ensuite frappé jusqu'à ce qu'il perde connaissance. Les deux autres étaient encore en train de lutter. J'ai ramassé le bâton et j'ai marché jusqu'à eux. Je me suis concentré et j'ai cogné sèchement sur le haut du crâne du dernier assaillant, qui s'est écroulé à son tour.

J'étais hors d'haleine, le sang bouillonnant et le feu aux joues.

Le garçon m'a tapé sur l'épaule. Il a juste dit :

« Merci. »

On a repris notre souffle et nos esprits.

Il a ajouté :

« Il faut qu'on se tire de là. »

J'étais plutôt d'accord avec l'idée.

On est partis en courant le long de la voie ferrée et quand on est arrivés au bout de la clôture métallique, on a coupé à travers bois jusqu'à une petite route qui traversait la forêt.

Il m'a fait signe de le suivre. Il semblait savoir où il allait.

On a dû parcourir trois ou quatre kilomètres sans se dire un mot. Il cavalait et, malgré mon endurance, j'avais du mal à tenir la cadence. Je n'arrêtais pas de regarder derrière moi, craignant d'être pris en chasse par les Russes.

On a ensuite enjambé un mur de pierre pour se retrouver dans un parc rempli de figuiers, de chênes verts et d'herbes hautes.

Il s'est arrêté, puis baissé et m'a invité à en faire autant. On a attendu comme ça d'interminables minutes, sans bouger.

Il s'est finalement relevé et dirigé vers une vieille bâtisse, au fond du terrain.

Il a secoué un peu la porte, qui s'est ouverte. On est entrés.

Les volets étaient clos, ça sentait le renfermé et le tabac froid.

« C'est bon. On est tranquilles. »

La pression est retombée d'un coup.

Il a ouvert un réfrigérateur qui se trouvait dans le salon et m'a envoyé une bière fraîche. Il en a pris une également, qu'il a collée sur son nez gonflé, puis une deuxième avec laquelle on a trinqué.

Dans le même mouvement, il s'est mis à fouiller derrière un vieux canapé en velours côtelé fauve et, soudain, tout s'est allumé.

Il y avait des guirlandes multicolores partout. Un peu comme celles dont on pare les sapins de Noël. Il y en avait au plafond, sur les murs et les meubles, au sol. Partout.

La pièce était un capharnaüm étrange, un bazar magnifique rempli d'objets hétéroclites : une vierge en plastique grandeur nature priait, Ray-Ban sur le nez et robe clignotante, un juke-box des années soixante jouxtait un portemanteau en forme de cactus, une vieille télé à tube cathodique était posée sur des malles de voyage, un sac de boxe pendait mollement du plafond tandis qu'un sanglier empaillé observait le vieux frigo américain gris sur lequel trônait une lampe à cire, des livres par centaines s'entassaient sur le sol en colonnes fragiles, soutenant mille autres babioles insolites et surprenantes.

Le garçon s'est assis dans le canapé et m'a indiqué un fauteuil club défoncé dans lequel je me suis tant bien que mal calé, le dos meurtri.

Il était brun, pâle, avec les yeux d'un vert d'eau presque irréel. Son tee-shirt blanc était maculé de sang.

« Heureusement que tu étais là. Ça devenait chaud. »

Il n'avait pas l'air plus traumatisé que ça.
Il souriait même.
J'ai bu une gorgée en hochant la tête.

« Je m'appelle Rekkie. Et toi ?
– Roman.
– Merci, Roman. Sans toi j'étais mort. »

Il a levé sa cannette et pris une grosse rasade.

« C'est chez toi, ici ?
– En quelque sorte.
– C'est chouette, en tout cas.
– Ouais, je fais beaucoup de récup… »

Il a cligné de l'œil.

« Ils t'en voulaient pour quoi, ces mecs ?
– Pour des choses et d'autres. Rien de grave. T'inquiète pas pour ça. »

J'avais trop mal dans cette position, alors je me suis levé et j'ai fait le tour de la pièce en sirotant ma bière. Rekkie en a sorti une autre du frigo pour la poser sur sa mâchoire.

J'ai trébuché sur un vieux téléphone à cadran qui traînait sur le parquet. Je l'ai ramassé et mis sur une table de bois noir, à côté d'un bilboquet et d'un crâne en métal. Juste en dessous, des raquettes de tennis, un panneau lumineux « *Open* », deux longboards, un tapis en fourrure à tête d'ours et des statues africaines sculptées dans un bois exotique complétaient le tableau.

Au fond du salon, une porte donnait sur une cuisine, elle aussi éclairée par des guirlandes. Il n'y avait là qu'une simple table en Formica, et son dénuement tranchait avec l'incroyable bric-à-brac du salon. Les étagères étaient vides et la vaisselle bien rangée.

J'ai rejoint Rekkie, qui était en train de programmer une chanson dans le juke-box. Un vieux classique country est sorti des haut-parleurs d'un autre âge. Il a dansé en faisant le con, et ça m'a fait rire.

À la fin du morceau, il s'est exclamé, en ouvrant les bras :

« Choisis ce que tu veux ici ! »

Il s'est tourné vers le Wurlitzer et a lancé une autre ballade dans le même genre.

« Pardon ? j'ai répondu en essayant de couvrir la musique.

– Choisis ce que tu veux ici ! il a répété en articulant de manière outrancière. Je te dois bien ça. »

J'ai dévisagé Rekkie, essayant de savoir s'il plaisantait puis j'ai jeté un œil autour de moi.

« Vas-y, choisis quelque chose, je te dis ! »

Il est parti dans la cuisine. J'ai arpenté le salon et, sur une commode d'époque, mes yeux sont tombés sur une petite boussole en argent. Elle était magnifique. L'aiguille reposait sur un fond représentant une tête de mort. Un couvercle permettait de la fermer et de protéger la vitre. Le contour était gravé de sigles étranges, comme une écriture ancienne. C'était très fin, très beau. Au dos, étaient également gravés ces mots : « *Treystu Vegvísi* ». Je l'ai prise dans ma main et j'ai eu l'impression de l'avoir toujours possédée.

« Très bon choix », a fait Rekkie en prenant deux nouvelles bières dans le frigo.

Il m'en a tendu une.

« C'est une vieille boussole islandaise. Je l'ai reçue d'un marin en escale à Singapour qui voulait s'offrir du bon temps avec deux filles du coin. Elle me rappelle mon pays. Je suis islandais, je viens de Reykjavik.

– C'est pour ça qu'on t'appelle Rekkie ?

– Bien vu. Prends-la, ça me fait plaisir que tu l'aies. Vraiment. »

Je l'ai contemplée sous toutes les coutures. Moi qui n'avais jamais embarqué que sur ce petit bateau à moteur, je me sentais l'âme d'un Magellan, d'un Tabarly, d'un pirate des mers du Sud. Je l'ai remercié et j'ai rangé l'objet précieusement dans ma poche.

« Il faut que j'y aille maintenant…
– Bien sûr. Viens, tu vas sortir par-derrière. »

On a emprunté un couloir qui a débouché sur une porte donnant sur le parc.

« Tu tailles tout droit et tu passes par la grille, là-bas. Ouvre-la doucement et ne fais pas de bruit. »

Il m'a prié d'attendre une seconde et il est allé chercher un stylo et un paquet de cigarettes, dont il a déchiré un petit morceau de carton. Il y a noté un numéro de téléphone.

« Si jamais tu as besoin, n'hésite pas. Vraiment. Je suis le genre de type qui connaît plein de monde et qui peut se procurer beaucoup de choses. »

Il m'a tapé dans le dos, et m'a indiqué le fond du jardin.
J'ai filé.

17.

Nous étions assis tous les deux sur le lit. J'attendais une réaction d'Ana.

« Igor n'aime pas qu'on se fasse remarquer. »

Tout était encore si nouveau pour moi, je n'avais pas conscience des enjeux.

« Ces types vont vouloir te retrouver. »

Elle avait raison.

« Il faut que tu en parles à Igor. »

J'ai simplement acquiescé en baissant les yeux.

Elle a allumé une cigarette puis s'est allongée. J'ai posé ma tête sur son ventre et, dans le mien, s'est ravivée la chaleur délétère.

Le soir arrivait, il faisait bon, mais j'ai soudain eu très froid.

Ana a passé sa main dans mes cheveux, et peu à peu je me suis détendu. J'ai fermé les yeux de longues minutes et, quand je les ai rouverts, la nuit était complètement tombée, laissant présager l'imminence d'un orage.

Zelda a entamé un morceau au piano que j'avais déjà entendu dans un film italien dont le titre m'échappait.

C'était un garçon du foyer qui nous l'avait montré, un jour. Il avait grandi à Rome, dans une famille d'accueil. De fil en aiguille, les mauvaises fréquentations l'avaient conduit jusqu'à nous.

Il était grande gueule et plutôt cool, alors on avait sympathisé rapidement. Il passait son temps à regarder des films. Il se reconstruisait grâce à eux. Les histoires des autres mettaient un peu de baume sur la sienne. Il s'évadait, quittait ce corps brisé quelques heures, apprenait la vie, l'autre, celle dont on aime à rêver quand les temps sont durs.

Pendant cette longue séquence où la caméra suit le héros roulant en Vespa au bord de la mer, avec ce morceau de piano pour unique bande-son, je l'avais vu pleurer en silence. Du fond de la salle, un jeune l'avait remarqué aussi et s'était foutu de lui devant les autres. Il n'avait rien répondu. D'ordinaire si gouailleur et disert, il était resté muet.

Le film avait continué et j'avais été mal à l'aise tout du long. La plupart des résidents s'étaient levés avant la fin. Pas leur genre de film.

Quand les lumières se sont rallumées, il n'y avait plus nulle trace de tristesse ou de mélancolie sur son visage. Juste un grand sourire.

« Alors ? Magnifique, non ? »

Il m'en avait parlé toute la semaine. Il en était fou. Moi, ça m'avait bien plu, même si je dois avouer qu'au départ, ce n'était pas vraiment ma came. C'est à l'entendre disserter des heures dessus que je me suis mis à le comprendre et à l'aimer.

Ce mec avait cinq ans de plus que moi et il disait qu'un jour il retournerait au pays et qu'il réaliserait un film comme ça.

Je n'ai jamais su ce qu'il était devenu.

Mais depuis, je guette son nom sur les affiches de cinéma, au cas où.

L'angoisse au creux du ventre s'est faite un peu plus lourde, un peu plus vive.

Je me suis redressé péniblement, la douleur dans mon dos toujours vivace, et j'ai passé un long moment sous la douche, la peau rougie par l'eau brûlante.

J'avais des traces de coups, de griffures, partout sur le corps.

Je n'ai rejoint les autres qu'une heure plus tard. Ils étaient tous réunis dans le salon.

Ana m'a fait signe d'approcher en vitesse pendant que Billie me faisait une place sur le canapé.

Anton a pris la parole.

Une nouvelle mission était planifiée dans vingt-quatre heures.

J'ai remisé mes états d'âme et je me suis concentré sur le briefing.

Cette fois, nous partions tous. Il nous donnerait les instructions définitives, comme toujours, juste avant le départ. C'était une expédition compliquée et plus périlleuse que la précédente. Elle avait demandé un peu plus de logistique, mais tout était bien préparé et ça allait rouler, affirmait-il.

Plus tard, au dîner, un calme inhabituel régnait, les pensées de chacun étant déjà tournées vers le lendemain.

Au moment du dessert, il m'a semblé sentir poindre une tension nouvelle entre nous, un accroc à notre insouciance, comme une bascule invisible mais qui pourtant déchirait l'air.

Ce soir-là, tout le monde s'est couché tôt.

18.

J'étais à l'avant du van. Elias conduisait. Kramer ouvrait la voie à moto. Deux voitures, plus loin, nous suivaient.

On a roulé longtemps à travers l'arrière-pays, par-delà les montagnes pelées, les résineux et les roches blanches.

Après une demi-heure de route, Elias et moi nous sommes arrêtés dans une station-service. Le reste du convoi a continué.

On a bu un café et acheté quelques mignonnettes de Jäger en discutant de tout et de rien. Le temps passait et j'ignorais ce qu'on faisait là.

Il a descendu la première petite bouteille cul sec et m'en a tendu une, que j'ai avalée aussi d'une traite. L'alcool a brûlé ma gorge et installé la confiance. On était deux mecs en route pour une soirée, s'ambiançant joyeusement. Voilà ce que devaient se dire l'employée de caisse qui somnolait derrière son comptoir et les quelques routiers et voyageurs de passage dans cette oasis de gasoil et de club sandwiches.

On est retournés au van, et on a siroté nos deuxièmes mignonnettes à l'intérieur. On la jouait relax, mais Elias n'arrêtait pas de regarder sa montre en remuant nerveusement les jambes.

À un moment donné, il a mis le contact en me souriant.

« C'est parti ! »

On a suivi scrupuleusement les indications et, au bout d'une heure, on s'est retrouvés devant un imposant portail, au bord d'un chemin forestier.

On l'a dépassé d'une dizaine de mètres, on s'est garés, puis Elias a coupé les phares et m'a fait signe que maintenant il fallait attendre.

Il régnait un silence mat à l'intérieur du camion. Le moindre de nos mouvements, de nos gestes paraissait démesurément bruyant. Elias a baissé sa vitre de quelques centimètres avant d'allumer une cigarette. Il m'a tendu le paquet.

J'ai fait non de la tête, il a insisté, et j'ai compris que cette fois, je n'entrerais pas dans la villa.

J'étais déçu, presque en colère, comme un gosse auquel on aurait menti. J'ai détaché ma ceinture et finalement grillé une clope.

J'ai jeté un œil vers le portail mais nous étions trop loin et l'angle de vue trop fermé pour que je parvienne à distinguer quoi que ce soit.

La forêt autour de nous était elle aussi silencieuse.

Elias a relu quelques notes laissées par Anton, scruté encore sa montre.

« Ils ne devraient pas tarder. »

J'ai inspecté le rétroviseur extérieur. Pas âme qui vive. Le vent dans les arbres me rappelait ma chambre d'enfant et apportait les mêmes inquiétudes, les mêmes attentes.

Soudain, Polly a surgi de nulle part et frappé au carreau en retirant son masque. J'ai sursauté.

Elle a tendu le pouce.

Elias a ouvert le coffre du fourgon et, quelques secondes plus tard, Heinz, Ana, Zelda et Tony sont arrivés, portant de grands sacs qu'ils ont jetés à l'intérieur. Kramer et Münch peinaient à rapporter une statue visiblement très lourde, enveloppée dans une couverture de déménagement. Jeanne et Billie, aux airs de Catwomen dans leurs combis noires moulantes, fermaient la marche en tenant fermement chacune deux mallettes de cuir.

Moi, je disposais et sécurisais tout ce butin afin que le transport se passe au mieux. Elias m'a lancé des sangles. J'ai attaché le tout fermement et Heinz m'a fait descendre avant de refermer les portes nerveusement.

« Allez, on s'arrache. »

Tout le monde s'est dispersé.

Sur le chemin du retour, Elias était surexcité. Il n'arrêtait pas de s'envoyer de la poudre, ce qui n'arrangeait rien.

Moi, je regardais par la fenêtre le paysage défiler, la tête ailleurs.

J'étais frustré. J'étais énervé.

Je n'avais pas réellement pris part à la mission.

Je m'étais senti mis à l'écart, inutile.

Mais, par-dessus tout, j'en voulais à la terre entière de n'avoir pas retrouvé le goût de la première fois.

Le retour m'a semblé durer une éternité.

Les autres étaient réunis dans la cour quand on est enfin arrivés à la villa. Elias a garé le camion dans le garage et signifié à Anton que tout s'était bien déroulé.

Ce dernier a marmonné quelques mots au téléphone puis raccroché en tournant les talons.

J'ai filé dans ma chambre, je me suis déshabillé rageusement, jetant mes fringues contre les murs et rouant de coups mes oreillers, mon matelas et tout ce qui me passait sous les poings.

Quand j'ai été calmé, j'ai rejoint la bande au bord de la piscine et on a passé la nuit à se soûler. J'ai laissé doucement la joie revenir à moi, digérant l'amertume et regoûtant l'insouciance et la félicité qui enveloppaient à nouveau la villa.

Chacun y allait de sa petite histoire. On était des gamins se racontant nos exploits. Tout le monde en rajoutait, et tout le monde faisait semblant d'y croire. Ana a pris des Pola de Heinz imitant Münch et

Kramer avec la statue, Tony a préparé des burgers au barbecue, Zelda s'est mise au piano et on s'est regroupés autour du kiosque pour chanter avec elle.

Moi, j'ai ingurgité une bouteille entière de vodka et j'ai fini par m'endormir, ivre mort, sur un transat.

19.

Kramer, penché au-dessus de moi, avait une sale gueule. De bois sûrement.

Il me réveillait car Igor était de retour et nous attendait tous dans son bureau. Il ne manquait plus que moi.

J'ai plongé mon visage dans la piscine et ça m'a remis à peu près d'aplomb.

J'ai couru à travers le salon puis je me suis timidement excusé en arrivant.

Après un court discours et quelques félicitations, Igor nous a solennellement remis à chacun une nouvelle liasse, puis invités à nous détendre cet après-midi. Nous l'avions bien mérité.

J'allais quitter la pièce quand il prononça mon nom. Je me suis retourné. Il a indiqué le fauteuil devant lui. Je m'y suis assis sans un mot.

Il a fermé la porte et pris son temps. Il semblait soucieux, préoccupé.

« Je suis au courant pour la voie ferrée. »

J'ai dû paraître surpris, car il a ajouté :

« Je t'avais prévenu. Je sais tout. »

Il a tiré une longue bouffée sur son Cohiba et basculé la tête en arrière pour recracher la fumée à la verticale.

« C'est bien ce que tu as fait pour ce garçon. C'est très courageux, très noble. Mais ce n'est pas très intelligent. Il y a des fois dans la vie où il vaut mieux réfléchir plutôt qu'agir. »

Il était très paternaliste, presque sentencieux.

« Est-ce que Rekkie sait que tu travailles pour moi ? »

Il connaissait Rekkie.

« Je ne crois pas. En tout cas, je n'ai pas parlé de vous.

– Bien. Je connais notre Islandais, tu t'en doutes. Et toi, tu sais qui il est ?

– Pas vraiment. »

Il m'a toisé, inclinant légèrement le visage sur le côté en plissant les yeux.

« À partir de maintenant, j'aimerais que tu restes loin de lui. »

J'ai acquiescé, me questionnant sur ce qui justifiait une telle mise en garde.

« Je connais aussi les autres garçons, ceux qui en voulaient à sa petite gueule. Des Bulgares du genre sérieux qui vont vouloir vous retrouver. Et ça, ça ne m'arrange pas du tout. »

J'étais dans mes petits souliers.

« D'une manière générale, j'aime que mes anges restent en dehors des problèmes. Moins vous vous faites remarquer, mieux je me porte. *Capice ?* »

Il n'a pas attendu ma réponse.

« Notre arrangement repose sur peu de choses, mais il faut les respecter. Là, tu me crées un souci dont je me serais bien passé. Et tu mets tout notre équilibre en danger. »

Il a soupiré bruyamment.
J'attendais la sentence.

« Je vais essayer de gérer avec le clan Kalev. »

Il m'a fixé sans ciller.

« Toi, tu te tiens à carreau. Et tu n'oublies pas que, maintenant, tu m'en dois une. »

Il était très sérieux. Le regard sombre et le ton péremptoire.

« C'est entendu. Merci, Igor. »

Mon pouls battait à cent à l'heure, mon front perlait.

En une fraction de seconde, il a souri et changé totalement de physionomie.

J'avais en face de moi un autre homme, élégant, doux et bienveillant.

« Bien. Allez, file maintenant. »

Je n'ai pas demandé mon reste.

J'ai compté l'argent et ça commençait à faire un paquet de fric.

Je me suis dit que j'allais inviter Ana dans un restaurant chic, un de ceux accrochés à la corniche. J'ai oublié un court instant mes angoisses et je nous ai imaginés, tous deux attablés, sur une terrasse surplombant la mer. Ana porterait une somptueuse robe de soirée noire, épousant ses formes parfaites. Nous nous enivrerions au champagne, un pianiste en costume blanc jouerait du jazz et une armée de serveurs se démènerait pour nous. Je sentais presque l'odeur des jasmins en fleur se mêlant aux épices exotiques de nos plats, la douceur de la peau ambrée d'Ana et celle de sa robe de soie, la sérénité et l'incandescence du présent coulant dans mes veines.

Mais avant cela, il allait falloir que je règle mes affaires et que je fasse très attention jusqu'à nouvel ordre.

J'ai rangé le sac au fond du placard et j'ai remisé mon songe.

Je n'avais pas envie de me risquer à croiser ces types ou Rekkie, alors j'ai passé la journée à la villa. Je savais que je n'avais plus le droit à l'erreur.

J'ai senti la boule rouler à nouveau dans mes entrailles, un peu plus grosse, un peu plus lourde encore.

Les autres sont partis à la plage et ça m'a laissé du temps pour réfléchir.

Je me suis allongé au bord de la piscine et j'ai pensé au tunnel, à la voie ferrée.

J'ai pensé au type de l'Est et j'ai pensé à Rekkie.

J'ai pensé à notre course à travers bois et à son étrange maison. J'ai sorti de mon portefeuille le morceau de carton avec son numéro. Je me suis dit qu'il valait mieux le jeter. J'ai hésité, mais je l'ai finalement reglissé dedans.

J'ai joué avec ma boussole, ouvrant et fermant machinalement le couvercle en laissant dériver mon esprit.

J'ai pensé à José, à ce que je serais devenu si j'étais resté à l'académie.

J'ai pensé à ma mère et à ce que j'aurais pu être si elle avait été à mes côtés.

J'ai pensé à cette falaise et l'idée m'a traversé que j'aurais peut-être dû sauter.

J'ai pensé à Igor et à son regard, cet après-midi, dans son bureau.

J'ai pensé à Ana, à notre restaurant sur la mer, à nos jours heureux et au soleil qui les baignerait.

Et puis je n'ai plus pensé à rien.

Je me suis enfoncé dans mon transat et, sous l'effet du soleil et d'un quelconque mécanisme interne qui m'échappait, mon cœur s'est alors réchauffé et la confiance est revenue.

J'allais faire profil bas, et tout rentrerait dans l'ordre. Igor s'occuperait du reste.

À partir de maintenant, j'allais m'imposer une conduite exemplaire.

C'était tout ce que j'avais à faire.

Je me suis levé péniblement et j'ai traîné mon corps fatigué à travers la villa désertée, parcourant sans but chacune des pièces.

Sans les anges la bâtisse avait un goût de fin d'été, de lendemain de fête. Un parfum d'arrière-saison propice au spleen.

Alors j'ai pris le premier livre qui m'est tombé sous la main, et j'ai bouquiné en attendant qu'ils rentrent.

Quelques chapitres plus loin, j'ai entendu la porte s'ouvrir et aussitôt l'été a rejailli. Ana s'est précipitée sur moi pour m'embrasser. Elle sentait la crème solaire et ses lèvres la glace à la fraise.

Polly et Jeanne, encore en bikini, ont plongé dans l'eau douce et chaude de la piscine. Anton a posé un pack de bières devant moi. Il regrettait que je ne sois pas venu avec eux. Ça m'a touché.

Kramer, recouvert de coups de soleil, s'est précipité dans la salle de bains et Münch m'a attrapé par le cou, me traitant de vieil animal solitaire.

J'ai décapsulé une bière et la boule s'est mise en veille.

Ana a entrouvert les lèvres, laissant entrevoir sur sa langue un cachet rose orné d'un smiley.

Elle a pris mon visage entre ses mains.

« Cadeau », a-t-elle juste susurré.

J'ai fini ma bière et, cette fois, c'est moi qui l'ai embrassée.

20.

Ana s'est jetée tout habillée sur le lit et endormie presque instantanément. Je l'ai regardée longtemps, jusqu'à ce que sa respiration s'apaise, scrutant chaque parcelle de son corps, imprimant chaque détail de sa peau, de ses lèvres, de ses cheveux. Je voulais la capturer mentalement pour ne plus jamais la laisser s'échapper de mon esprit, graver durablement cette image de plénitude, de calme et de bonheur, d'amour et d'insouciance réunis, emprisonner pour toujours cette insolente beauté, cette grâce fragile de ces jours heureux, immortaliser comme je pouvais ces instants précaires et indistincts, flous et bordéliques, qui nous menaient droit vers l'âge adulte, vers les choix sans retour, les décisions importantes, les renoncements et les constats d'échec, les défaites, les coups durs, les compromis et la raison qu'il faudrait désormais hisser haut comme un étendard.

La descente de M.D. était enclenchée. Je n'avais pas envie de dormir.

Je suis sorti de la chambre et les pensées vénéneuses sont revenues.

Je me suis mis à flipper.

J'avais beau me répéter que tout irait bien, la drogue me persuadait du contraire.

Le visage du Bulgare me revenait sans cesse. L'odeur infecte du tunnel était comme imprégnée sur ma peau, dans mon nez, sur mes mains. Je ne pouvais me défaire de ces mirages, sombrant lentement dans un *bad trip* dont il fallait que je m'échappe au plus vite.

J'ai fait le vide, je suis allé dans la cuisine, j'ai bu un café noir, serré, en mangeant des gâteaux à pleines poignées, espérant que le sucre me ramènerait les pieds sur terre.

Après quelques minutes, j'ai commencé à me détendre un peu. L'angoisse était toujours là, mais j'avais réussi à construire un fragile rempart. Je savais que ma meilleure alliée était désormais la patience.

Je me suis fait un deuxième café.

Tout le monde dormait et, à part quelques oiseaux qui pépiaient, un silence absolu régnait.

J'ai jeté un coup d'œil par la fenêtre et constaté que la Jaguar d'Igor n'était plus sur le parking.

J'ai feuilleté quelques magazines dans le salon, mais je n'arrivais toujours pas à me concentrer, alors je suis monté à l'étage et, sans vraiment savoir pourquoi, je suis retourné dans sa chambre.

Je suis entré prudemment, au cas où. Mais les volets étaient ouverts et le lit impeccablement fait. J'ai refermé derrière moi, je me suis dirigé vers le bureau et j'ai sorti le Beretta, ressentant un soulagement immédiat, chassant pour de bon les derniers reliquats du *bad trip*.

Je me suis installé dans un des fauteuils et l'angoisse a laissé place à une forme étrange et troublante d'excitation.

J'ai réussi à désenclencher le chargeur. Il était rempli de balles.

Je l'ai remis en place, j'ai trouvé le cran de sécurité, que j'ai abaissé, puis j'ai tendu les bras devant moi, éprouvant par ce simple geste un inédit et jouissif sentiment de puissance. Je me suis levé. J'étais prêt à faire feu. Une simple pression de l'index et je pouvais changer le cours des choses.

J'ai ouvert la fenêtre, inspiré jusqu'à ce que la tête me tourne, puis j'ai expiré lentement, par la bouche.

J'ai remis la sécu et aussitôt l'effet négatif de la descente que je croyais terminée est revenu au galop. J'étais persuadé qu'Igor allait surgir dans la chambre. La panique a recommencé à me gagner. Je me suis mis à avoir des bouffées de chaleur. J'ai rangé le Beretta à toute vitesse et je suis redescendu en courant.

J'ai pris un somnifère et attendu sur le canapé du salon qu'il fasse effet. J'avais extrêmement chaud et de la difficulté à respirer.

Le bureau d'Igor était là, juste sur ma gauche. J'ai rivé mon regard sur sa porte, tentant de faire abstraction de tout ce qui m'entourait. Plus je me concentrais dessus, plus je sentais que mes forces revenaient.

J'ignore si je suis resté comme ça une minute ou une heure, mais peu à peu je me suis apaisé.

Quand j'ai été sûr que tout était à nouveau sous contrôle, je me suis levé et, machinalement, j'ai pénétré dans la pièce, refermant derrière moi sans un bruit.

Elle était baignée de soleil et j'apercevais la mer, au loin, par la fenêtre.

C'était grisant d'être là, sans lui. J'ai parcouru sa bibliothèque, observé de près ses statuettes, ses tableaux, les bibelots, les têtes de mort en bois, en os, en métal, en minéraux et la gueule ouverte d'un léopard empaillé que je n'avais jamais remarqué auparavant.

Je me suis assis dans son grand fauteuil et j'ai humé sa boîte à cigares. J'adorais l'odeur qui s'en dégageait. Je me suis hasardé à fouiller dans ses papiers, mais je n'y ai rien trouvé qui retienne mon attention de défoncé.

Contre le mur de gauche reposait un grand meuble en fer gris.

J'ai passé ma main sur sa surface froide et polie, puis j'ai délicatement ouvert ses tiroirs. Ils contenaient des fiches cartonnées format A4 séparées par des intercalaires rouges. Sur chacun, un nom était écrit.

J'en ai sorti deux ou trois et je me suis rendu compte que c'était les nôtres. Chaque ange avait son propre dossier.

J'ai cherché le mien, mais je ne l'ai pas trouvé, alors je me suis mis en quête de celui d'Ana.

J'ai tiré les feuilles semi-rigides et j'ai commencé à lire, le cœur battant.

Y figuraient son nom, ses date et lieu de naissance, sa taille, la couleur de ses yeux et, juste en dessous, un résumé de sa vie qui courait sur les trois bristols suivants. La précision clinique des faits était effrayante de froideur.

Son abandon à la maternité, les familles d'accueil, les mauvais traitements, les larcins, les peines purgées en maison de redressement, les fugues.

Toute une existence condensée en si peu de pages.

J'ai ressenti le besoin de m'asseoir avant de continuer.

Le somnifère commençait à faire effet. J'avais la bouche pâteuse et le corps cotonneux.

Le texte se terminait par son arrivée à la villa. J'étais séché d'ignorer à ce point qui était la fille que j'aimais. Elle ne m'avait jamais parlé de tout cela. Je comprenais désormais son attitude, l'autre jour, sur l'île, et pourquoi elle désirait tant taire ce passé.

J'ai également pris conscience que je ne savais rien sur personne. Je ne m'étais jamais vraiment demandé d'où venait chaque ange, qui il était. J'étais abasourdi par mon manque de bon sens. Je m'étais contenté de croire à la version qu'on me servait à propos de chacun d'entre eux.

Rien de ce qu'avait subi d'Ana ne transparaissait aujourd'hui. Pas une seconde je n'aurais pu me douter de tout cela. Comme s'il existait deux Ana. Comme si son arrivée ici avait sonné l'heure d'un nouveau départ.

Les images d'elle se bousculaient dans ma tête. Je remettais en perspective tant de moments. Je comprenais soudain mieux certaines de ses réactions, certains de ses gestes.

Tout en bas du dernier feuillet, en guise de conclusion, une date, un lieu – une boîte de nuit du Carré Rouge – et le prénom « Luigi » accolé.

J'ai relu une seconde fois pour être sûr.

Luigi.

Était-ce celui que je connaissais ? Quelle était la probabilité ?

J'ai bâillé. J'avais du mal à garder les yeux ouverts.

J'ai refermé son dossier et j'ai parcouru celui de Münch.

Même mise en page, mêmes renseignements. À peu de chose près la même enfance. Abandon. Foyers. Fugues. En bas, une date, un nom de boîte de nuit. Et Luigi. Encore lui.

Heinz. Même chose. Polly, idem.

Mes paupières se fermaient malgré moi. Je peinais à tenir les bristols. J'étais sous le choc et le somnifère m'attaquait sévèrement.

J'ai entrouvert le tiroir juste en dessous. Des chemises cartonnées. À l'intérieur, des contrats, des factures avec des sommes astronomiques. Des transactions incompréhensibles pour moi. Des noms aux consonances étrangères.

Al-Haifi, Carter, Swilton, Guzman, LeMarchand, Kalev.

J'ai chancelé.

De quel business s'agissait-il ? Que leur vendait-il ? Des œuvres d'art ? Sûrement. C'est du moins la première chose qui m'est venue à l'esprit. Mais rien ne l'indiquait clairement.

J'ai commencé à voir double. Je me suis frotté vigoureusement le visage. J'étais à bout.

J'ai rangé comme j'ai pu et j'ai regagné ma chambre en titubant.

Je me suis allongé à côté d'Ana. Je tremblais. J'avais froid, j'avais peur. J'étais en *bad*.

Ana a senti ma présence. Sans se réveiller, elle s'est tournée vers moi et blottie contre mon torse. Sa chaleur m'a fait un bien fou. Je l'ai serrée fort et j'ai pleuré. Je ne pouvais plus rien retenir, alors je me suis laissé aller. Mes muscles crispés se sont détendus et une lassitude bienfaitrice m'a envahi. Ana a marmonné des mots dans son sommeil que je n'ai pas compris.

Ça m'a fait sourire et les larmes ont cessé de couler. Elle a redit quelque chose dans une langue inconnue. J'ai baisé son front.

Et j'ai fini par m'endormir.

21.

C'est mon premier combat. Mon père m'a inscrit au judo l'année dernière. Je suis encore petit pour mon âge et plutôt chétif. Je n'aime pas ça, mais j'y vais chaque semaine pour lui faire plaisir, pour qu'il soit fier de moi. Si je gagne un peu son affection, peut-être les choses changeront-elles.

Mon kimono est trop grand. Mon adversaire aussi. Mais je suis motivé. Mon père s'est levé tôt pour m'emmener et il me regarde depuis les tribunes installées à quelques mètres du tatami.

Pendant tout le trajet, il m'a prodigué conseils et discours galvanisants. Mais chacun de ses mots me terrorise. Je ne suis pas fait pour ça, je le sais au fond de moi. Mais je ne veux pas le décevoir.

Dans le vestiaire, je me suis senti très seul. Les autres garçons rigolaient entre eux, se chambraient. Moi, j'étais à part, dans mon coin. J'ai caché comme j'ai pu les bleus sur mon corps en me changeant à la va-vite. L'entraîneur est entré. Il nous a livré les dernières consignes et demandé de donner le meilleur de nous-mêmes. Il a fixé certains d'entre nous en particulier, ceux dans lesquels il plaçait ses espoirs. Ensuite, il m'a regardé, moi, presque avec compassion et m'a juste dit de faire de mon mieux. Il a donné une tape amicale sur mon épaule endolorie. J'ai eu envie de chialer.

L'arbitre nous fait signe de monter sur le tatami. Je jette un regard vers mon père, qui a les poings serrés. On salue et le combat commence. Mon adversaire se rue sur moi. Je l'empoigne comme je peux, mais je sens immédiatement qu'il est robuste et plus fort que moi. Il saisit ma manche et tente de me déséquilibrer. Je résiste. J'entends les parents autour nous encourager. Il me pousse et je fais de mon mieux pour ne pas valser. Je m'accroche à lui, alors il me tire en avant et je me retrouve le visage contre son ventre. Il place une jambe derrière moi et essaie de me faire basculer. Je me rétablis miraculeusement et j'essaie à mon tour de lui rentrer dedans, mais je me heurte à un mur. C'est à peine s'il vacille. Je sais que je ne gagnerai pas. La détresse m'envahit. Mais la hargne prend le dessus. J'entends des bribes de mots, aux sonorités guerrières et belliqueuses. Ça me galvanise. Ma force est décuplée. Mon opposant repart de plus belle et j'ai le cœur qui monte dans les tours. On sort du tatami. L'arbitre nous fait signe de nous replacer.

Mon père est debout, il vocifère et gesticule.

Au signal, le garçon pose à nouveau ses mains sur mon kimono et je sens qu'il est passé à la vitesse supérieure. J'ai mal partout, je me demande ce que je fais là. Il passe son bassin sous le mien et, avant que je puisse faire quoi que ce soit, il me projette par-dessus son épaule.

Je me retrouve au tapis. J'ai le souffle coupé. Il me tombe dessus et m'immobilise. J'étouffe. J'essaie de m'extraire, je me débats mais rien n'y fait.

Je n'arrive plus à respirer. Il est lourd et écrase ma cage thoracique. La douleur est insupportable mais je n'abdique pas. Je cherche de l'air en vain. Mes poumons sont comprimés par le choc. Je ne peux même pas crier. Il accentue la pression et j'entends les hurlements autour de moi. Je tape plusieurs fois sur le tatami.

L'arbitre annonce « *Matte* ».

J'ai perdu.

Je me relève à grand-peine et jette un œil aux gradins. Mon père est prostré, la tête entre ses mains. Je me sens vidé.

Je quitte le tatami. J'ai l'impression d'être passé dans une essoreuse, d'être en mille morceaux. Mon entraîneur me frotte les cheveux et me félicite. Il est fier de moi, mais je ne l'entends pas vraiment.

Je cherche mon père du regard mais je ne le trouve pas.

Sa place est vide.

Il n'est plus là.

Les autres combats s'enchaînent et je les suis le cœur serré.

Quand je sors de la douche, mes copains retrouvent leurs parents, excités et curieux. Une mère propose de me raccompagner. Je la remercie mais lui réponds que mon père n'est pas loin, qu'il va me ramener.

Le hall de la salle se dépeuple peu à peu, et je ne le vois toujours pas. L'entraîneur a l'air désolé pour moi.

Dehors, le jour baisse. Les arbres perdent leurs feuilles et je souffle dans mes poings pendant que le gardien ferme les portes du gymnase. L'automne est froid et humide. Le coach dit qu'il ne peut pas me laisser seul. Je lui souris et le rassure. Tout va bien. Mon père ne devrait plus tarder. Au pire, je rentrerai à pied, je n'habite pas loin. De la fumée sort de ma bouche.

Il me répète tout le bien qu'il a pensé de moi, de mon attitude et des progrès que j'ai faits. Ça me remonte un peu le moral.

Il démarre sa voiture et s'éloigne en klaxonnant.

Quand les lumières rouges disparaissent, je me sens vraiment triste. Il n'y a pas un bruit autour de moi et ça tranche avec l'agitation de la journée.

Le bâtiment prend des allures inquiétantes. Je me mets en route.

Mon sac est lourd et encombrant. J'ai du mal à marcher.

La nuit est tombée et je longe une rocade, puis traverse un parking d'hypermarché avant de m'engager sur la petite route de campagne menant au lotissement. Je refais le combat mille fois dans ma tête. Je suis tellement piteux d'avoir encore déçu mon père.

Le chemin n'en finit pas, il fait un froid terrible et j'appréhende de rentrer.

Lorsque j'arrive enfin, le salon est allumé.

Je pose silencieusement mes affaires dans l'entrée. Je suis vanné, dans un état second.

Mon père regarde la télé.

Je m'approche doucement. Il ne me calcule pas. Je m'arrête devant lui, prêt à m'excuser.

« Tu m'as fait honte, dit-il, mâchoires serrées. Va te coucher. »

Je file dans ma chambre. J'ai envie de vomir. Ma mère ronfle de l'autre côté du mur, assommée par les antidépresseurs qu'elle prend depuis peu.

Je prie pour que tout cela s'arrête un jour.

22.

Je ne cessais de penser aux documents trouvés dans le bureau d'Igor.

J'avais lu. Je savais. Plus rien ne serait comme avant. Impossible de faire marche arrière.

Comme je regrettais, au fond de moi, d'avoir ouvert ce meuble de métal.

Comme je m'en voulais d'avoir été si curieux.

Tout ce temps, mon ignorance avait nourri mon insouciance. Mais c'en était terminé. Il fallait faire avec maintenant.

Au fil des jours, sont apparus de nouveaux sentiments à l'égard d'Ana. L'amour, la folie, le feu se sont teintés subtilement de tendresse, de bienveillance et de douceur. Je voulais la protéger du monde, l'arracher pour de bon au passé. Je me jurais qu'on ne lui ferait plus jamais de mal. Je me sentais prêt à en découdre coûte que coûte pour elle.

Nous ne nous quittions plus, ne faisions plus rien l'un sans l'autre. Et malgré tout, on se manquait encore.

Ce soir-là, Ana, Billie, Kramer et moi enchaînions les rhums à *La Folie douce.*

Après une semaine de réclusion volontaire à la villa, nous avions décidé de nous octroyer une virée dans le Carré Rouge.

Il était encore tôt mais nous étions déjà bien éméchés. Le patron venait de nous offrir une tournée de shots et nous étions les rois du monde. Billie s'est lancée dans une anecdote incroyable de mec rencontré sur une plage en Espagne il y a quelques années, qui s'était avéré être un taulard en cavale, leurs nuits de débauche – dans les moindres détails –, leur périple, ensuite, jusqu'à la Costa del Sol et son arrestation brutale, à une terrasse de café, alors qu'elle était partie s'acheter des cigarettes.

Elle s'était retrouvée seule, sans argent, ni papiers, ni bagages.

Je buvais ses mots. On ne pouvait dénier à Billie un certain talent pour raconter les histoires. Je n'avais pas lu sa fiche mais je me doutais qu'elle avait dû avoir la même vie que nous autres. Alors je croyais dur comme fer à cette romance espagnole rock'n'roll.

La suite du récit surpassait l'acte 1 et nous nous esclaffions à chaque rebondissement. Elle en rajoutait, donnait à son public ce qu'il voulait entendre, à grand renfort de gestes amples et emphatiques, de précisions inutiles.

À la fin, j'ai payé une dernière tournée de Millonario que nous avons savourée sur la terrasse en fumant une ultime cigarette avant de rentrer.

C'est à ce moment-là que, parmi la foule dense de clients massés devant *La Folie douce*, j'ai vu Rekkie tenter de se frayer un chemin vers l'intérieur.

Il cherchait manifestement quelqu'un, mais ses yeux sont tombés sur moi.

Il m'a salué. J'ai répondu. Il s'est approché.

Les autres avaient déjà quitté le bar et je me suis retrouvé seul, à lui donner l'accolade, un peu gêné et ne sachant quelle attitude adopter.

« Quelle surprise ! s'est exclamé Rekkie.

– Tu m'étonnes.

– Comment tu vas ?

– Bien. Et toi ?

– Ça va. Pas de nouvelles de nos amis. Je m'en porte pas plus mal.

– Pareil. »

Il a posé sa main sur mon épaule.

« On a bien rigolé, hein ? Faudra qu'on remette ça à l'occasion. »

Je n'étais pas sûr que ce soit du deuxième degré.

Alors j'ai juste répondu :

« Tu m'étonnes. »

Il a ri, puis ajouté :

« Je t'offre un verre ?

– Non, merci, je dois rentrer », j'ai fait en indiquant du pouce Ana par-dessus mon épaule.

Leurs regards se sont croisés. Les autres ont rappliqué à côté d'elle. Elle leur a murmuré quelques mots et ils se sont tous tournés vers nous.

« Ce sont tes amis ? il a demandé dans un souffle, presque absent.
– Oui. Ils m'attendent. Je dois y aller… »

Il a acquiescé d'un air entendu.

« Je comprends. Une prochaine fois alors. Tu sais où me joindre.
– Ouais, carrément. »

J'avais un niveau de repartie proche de zéro.
Il leur a adressé un au revoir de la tête.
Ils n'ont pas réagi.

« Prends soin de toi, *vinur minn.* »

Il est entré dans le bar.
J'ai rejoint les anges.

« Tu connais Rekkie ? m'a immédiatement questionné Ana.
– Oui, c'est le type dont je t'ai parlé l'autre jour. Le gars de la voie ferrée. »

Elle est tombée des nues. Les autres sont restés cois, cherchant à comprendre.

Je leur ai raconté l'histoire comme on reprenait la route.

« Et vous, comment vous le connaissez ? » ai-je ensuite demandé.

Tout le monde a eu l'air embarrassé. Ana a fini par lâcher :

« Rekkie était l'un des nôtres. Rekkie était un ange. »

Cette fois, c'est moi qui n'en revenais pas.

« Il a fait une connerie, un jour. Un truc grave. C'est arrivé pendant une mission qu'on n'a, par sa faute, pas pu mener à terme. Le genre de choses qu'il vaut mieux éviter. Quand il l'a su, Igor est entré dans une rage folle, une colère démesurée. On a cru que la terre s'entrouvrait sous nos pieds. C'était terrible, apocalyptique. Rekkie aurait pu s'enfuir, mais on connaît la puissance du réseau d'Igor et ses connexions partout dans le monde. Ça n'aurait servi à rien. En revanche, on ignorait encore de quoi il était capable dans ces moments-là. Il a passé quelques heures dans son bureau, à donner des coups de fil pour parer au plus pressé et arranger les choses à sa manière et, ensuite, il nous a réunis pour nous annoncer qu'il allait bannir

Rekkie. Mais avant ça, il allait devoir subir la "purification". »

J'écoutais sans broncher.

« Il a emmené Rekkie avec lui et on ne l'a plus jamais revu. On a simplement appris qu'Igor lui avait laissé magnanimement une seconde chance.

À condition de disparaître et de se faire oublier. Rekkie était son préféré, son "ange d'infortune", comme il disait. Le fils qu'il n'a jamais eu. C'est pour ça qu'Igor s'est montré si indulgent. Même si on s'est demandé pendant tout ce temps s'il ne gisait pas au fond du port ou quelque part au large. Personne n'ose imaginer ce qu'il nous aurait fait, à nous, si nous nous étions opposés à ses plans. Et, crois-moi, personne ne tient à le savoir. On a entrevu une partie de sa noirceur, de sa colère. Et ça nous a suffi.

Au bout de quelques semaines, on a repris le cours tranquille de nos vies, puis les missions. Le temps a passé. Et un beau jour, on a entendu dire que Rekkie était revenu s'installer par ici. Igor le tolère, mais refuse qu'on entre en contact avec lui, et réciproquement. »

Je restais bouche bée.

« La "purification" ? me suis-je hasardé tout de même.

– Oui. C'est une manière à eux d'être sûrs que tu ne balanceras rien. Une sorte de mise à l'épreuve. Ils t'emmènent dans un endroit secret, et ils s'occupent de toi, s'assurent de te laisser dans un état physique et moral qui te passera le goût de parler ou de déconner.

– Ils ?

– Les associés d'Igor. On ne les rencontre jamais. Sauf quand ça dérape. Heureusement, ça n'est advenu qu'une fois. Avec Rekkie. »

J'avais complètement dessoûlé.

« Qu'est-ce qu'il avait fait, au juste ?

– C'est sans importance maintenant.

– Et c'est qui ces types ? Les associés ?

– On l'ignore. Mais crois-moi, on n'a aucune envie de les recroiser. »

J'ai repensé aux documents dans le meuble en métal. J'ai repensé au Beretta.

On a attaqué la côte qui menait à la villa.

J'avais plein de questions en tête mais Kramer m'a fait comprendre que j'en savais assez.

Quand on est arrivés à la grille, Ana a saisi mon bras. On s'est arrêtés, laissant les autres nous devancer.

« C'est mieux si tu ne le revois plus. Rekkie. »

J'ai dit O.K.

Les grillons chantaient, l'arroseur automatique s'est mis en route.

Elle m'a enlacé. Je l'ai embrassée.

J'ai pensé à Rekkie.

Elle a déboutonné mon jean et glissé sa main dans mon caleçon.

Je n'ai plus pensé à rien.

23.

C'était le début d'après-midi, le ciel était couvert. L'été commençait lentement à s'étioler et les premiers présages de septembre à apparaître.

J'avais pris la moto de Kramer pour rejoindre le centre-ville.

Je n'étais pas sûr de pouvoir retrouver l'appartement. Mes souvenirs étaient flous et ça commençait à faire un bail. J'avançais un peu au hasard quand j'ai soudain reconnu cette boutique de vinyles au coin de la rue. Et le tatoueur juste à côté. C'était là.

J'ai sonné à l'interphone mais personne n'a répondu. J'ai réessayé plusieurs fois, toujours en vain, alors je me suis posté à la terrasse d'un café, juste en face, et j'ai attendu.

La rue commerçante bouillonnait. On sentait que tout le monde voulait profiter au mieux de ces derniers instants de vacances. Les gens étaient élégamment vêtus, laissant derrière eux de discrets effluves de parfums de luxe.

La serveuse était mignonne et allumait un peu les clients.

Ça m'amusait. Elle l'a remarqué.

Au bout de trente minutes, il est enfin arrivé.

J'ai couru jusqu'à la porte avant qu'elle ne se referme et j'ai apostrophé le type qui a eu l'air surpris et légèrement inquiet de me voir débouler à toute blinde dans la cour intérieure. J'ai levé les mains pour lui signifier que j'étais cool et sans mauvaises intentions. Il a froncé les sourcils, comme si mon visage lui disait quelque chose.

J'ai pris les devants en lui rappelant qu'on s'était rencontrés chez lui, il y a quelques mois, pour son anniversaire. J'étais un des amis avec lesquels Chab avait débarqué.

J'avais fait la connaissance de Chab quelques semaines auparavant. Il travaillait dans l'un des plus grands bars de la ville. Son père en était le propriétaire. Lui gérait le business.

Ils étaient à la tête d'un petit empire de boîtes de nuit et d'établissements à la mode. Il adorait la boxe, qu'il pratiquait en amateur. On avait rapidement sympathisé et très vite il m'avait pris en affection.

Il avait grandi ici. Il connaissait tout le monde, et tout le monde le connaissait. Tu disais « Chab » et les gens te répondaient « Ah, Chab ! Comment va-t-il, cet enfoiré ? » ou « Ah, Chab, tu lui feras un gros bisou de ma part… ». Ça, c'était plutôt les filles avec qui il avait une cote de dingue. Le mec avait un charisme à la hauteur de son physique. Homme ou femme, on se souvenait forcément de lui.

Le visage du gars, qui s'appelait Milan, ça m'était revenu d'un coup, s'est éclairé. Il se souvenait de moi.

Il a pris de mes nouvelles et m'a tout de suite avoué qu'il avait été très triste que je quitte la soirée aussi tôt, que j'aurais pu rester un peu plus, que ça lui aurait fait plaisir, que je n'avais pas été très sympa de partir sans rien dire.

Il a fait une moue boudeuse et il a commencé à me caresser le biceps du bout du doigt, direct, comme ça, puis de manière plus assumée, avec la main entière.

Il continuait à parler en même temps, l'air de rien, guettant ma réaction.

J'ai retiré poliment mon bras.

Le gars a continué son numéro de charme avec une assurance insoupçonnée deux minutes auparavant. Il était content de me revoir, vraiment, et m'a proposé de prendre un thé chez lui, me jurant qu'il n'allait pas me manger. Sauf si je le lui permettais. Il a ri aux éclats. J'ai dit « O.K. » en souriant, mais qu'on allait se limiter au thé. Il a surjoué la déception puis m'a enjoint de le suivre en claironnant qu'on verrait bien ce qui allait advenir, qu'il fallait faire confiance au destin.

Son loft était plus grand que dans mes souvenirs. Il a fait bouillir de l'eau pendant que je m'asseyais à une grande table de bois brut.

Quand il a eu terminé son monologue sur les hasards et les rencontres, il a désiré savoir ce qui m'amenait là. Le thé avait un goût de foin.

C'est « détox », a-t-il précisé. C'est dégueulasse, ai-je pensé.

Je lui ai reparlé de sa soirée, embrayant sur mon after au *Squat* avant qu'il ne me coupe pour s'extasier à nouveau sur cet anniversaire « MER-VEI-LLEUX ». Je l'ai laissé aller au bout de son enthousiasme. Il avait des étoiles plein les yeux et du désir à revendre. Au premier blanc, qu'il espérait transformer en silence gênant, j'ai repris la main pour en arriver à Luigi. Il a froncé les sourcils, semblant ne pas comprendre. Je lui ai donc demandé clairement qui était cet homme.

Il a bu une gorgée et a eu l'air de se délecter.

Il ne le connaissait pas. Enfin, pas personnellement. Luigi avait une réputation qui le précédait, mais personne ne savait vraiment dans quoi il trempait. Il semblait qu'il dealait un peu, mais juste pour les amis. Au départ, il n'avait pas été très content qu'il débarque à sa fête sans y être invité, mais Luigi avait apporté un « petit cadeau », spécialement pour lui. Ça ne pesait que deux grammes, mais ça l'avait touché, et il avait finalement été très cool et très courtois toute la soirée.

J'ai essayé de boire un peu de son infusion, mais c'était au-dessus de mes forces. Milan m'a demandé pourquoi je posais toutes ces questions. J'ai répondu que c'était juste comme ça. Je pense qu'il a cru que je cherchais à choper de la coke. Il a souri d'un air entendu et m'a dit qu'il était désolé, qu'il ne pouvait rien faire de plus pour moi. Mais que s'il était à ma place, il garderait ses distances.

Il a ensuite joué son va-tout en me proposant de rester et en me montrant le canapé. Je l'ai remercié mais, vraiment, il fallait que j'y aille.

J'avais besoin de réfléchir, alors j'ai fait un grand tour de moto, dans l'arrière-pays.

La route était étroite et sinueuse. Elle serpentait dans une vallée encaissée, à travers un relief abrupt qui grandissait au fil des kilomètres. Le soleil n'y parvenait pas, l'angle, là-haut, étant trop faible pour que ses rayons puissent descendre jusqu'en bas.

J'ai accéléré. Je rasais la roche à chaque virage, m'inclinant pour suivre les courbes prononcées. Il n'y eut bientôt plus de garde-fou. Juste la montagne, sur ma droite, et le vide à ma gauche. J'ai accéléré encore. Le moteur rugissait dans la pente de plus en plus raide. Le vent fouettait mon visage mais je me refusais à baisser la visière. La température a chuté, avec l'altitude et l'ombre, et l'air m'a semblé d'un seul coup plus vif, plus pur, malgré les effluves d'essence brûlée que je laissais derrière moi.

Au bout d'une dizaine de minutes, la voie a débouché sur un plateau herbeux gigantesque. Le soleil est réapparu, et avec lui la chaleur. De la terre sèche montaient des odeurs de fourrage. Ça m'a rappelé le thé de Milan. J'ai ralenti, puis j'ai garé la moto sur le bas-côté.

Dans le ciel, au lointain, un cerf-volant rouge décrivait d'amples arabesques.

Je l'ai observé de longues minutes, fasciné par ses balancements brusques et ses chorégraphies aléatoires, puis j'ai enjambé la clôture de fil barbelé délimitant un champ rempli de moutons qui s'enfuyaient à mesure que je m'approchais, et j'ai continué dans sa direction.

Le pâturage était immense. J'ai mis un sacré bout de temps avant d'arriver à son extrémité. Je percevais désormais clairement le claquement de la toile, le bourdonnement du losange lorsqu'il piquait vers le sol.

En contrebas, au bout d'un chemin de terre escarpé, était posée au bord du précipice une petite maison aux murs blancs et au toit rose orangé. Elle surplombait une mer étale et sans fin, bleu azur, comme le nid d'un rapace accroché à la falaise.

Devant elle, dans un petit jardin carré, un jeune garçon faisait voler haut son jouet. Il était si concentré qu'il ne m'a pas aperçu. Il donnait de grands coups sur les ficelles tendues pour le faire tournoyer à sa guise. Il ne devait pas avoir plus de sept ou huit ans, mais il maîtrisait parfaitement l'objet. Il était blond et sa peau dorée, presque brune. Mon regard allait du cerf-volant jusqu'à lui. J'étais captivé, hypnotisé.

Je me suis allongé dans l'herbe.

Au-dessus de moi, le losange rouge fendait le ciel et découpait le silence. C'était magnifique.

Je suis resté longtemps comme ça, jusqu'à ce qu'il disparaisse.

Alors je me suis relevé, j'ai observé le petit garçon qui enroulait consciencieusement les cordelettes autour des poignets, avant de rejoindre sa mère qui l'appelait depuis le perron. La toile tendue, qu'il avait posée sur son dos comme une cape de super-héros, semblait gigantesque par rapport à lui.

Sa mère a passé la main sur sa joue pendant qu'il retirait ses chaussures. Un geste simple, un geste doux, un geste d'amour qui m'a profondément ému.

Ils sont ensuite entrés tous les deux dans la maison, laissant la porte entrouverte derrière eux. J'ai aperçu un instant leurs silhouettes derrière la fenêtre de ce qui devait être la cuisine, puis ils ont disparu.

Je me suis senti extrêmement triste. Et en même temps profondément apaisé.

Je suis retourné à la moto, et j'ai regagné la ville.

24.

Le ciel virait à l'orange et au mauve au-dessus de la corniche. Les camphriers et les bougainvilliers qui bordaient la route embaumaient l'atmosphère de leurs parfums suaves. Au loin, la mer s'assombrissait et la lune prenait ses quartiers.

Je roulais à vive allure dans les lacets qui me ramenaient vers la villa quand est soudainement réapparue cette étrange sensation, incontrôlable, jouissive et effrayante. Cette sensation de puissance et de liberté combinées, comme avec le Beretta.

Il y avait une courte portion d'asphalte en ligne droite.

L'idée m'est venue, simple et évidente.

Je n'ai pas lutté.

J'ai serré fort le réservoir entre mes jambes et j'ai fermé les yeux.

Un jeu sans but, un jeu idiot, un jeu de mon âge.

J'ai accéléré en lançant un compte à rebours.

Dix. C'était extraordinaire. J'avais perdu tout repère. Le vent léchait mon visage et mes bras nus.

Neuf. Mon cœur battait la chamade et j'étais inexorablement happé vers l'arrière.

Huit. J'ai agrippé fermement les poignées pour ne pas être éjecté. Le moindre centimètre de bitume vibrait dans tout mon corps.

Sept. Les odeurs de camphre et d'essence brûlée me semblaient décuplées.

Six. J'attendais l'instant fatidique où le compte finirait.

Cinq. Le visage d'Ana s'est dessiné sur mon écran noir. Elle portait cette robe d'été que j'aimais tant.

Quatre. Elle souriait et je pouvais presque sentir le goût de ses lèvres.

Trois. Je voulais crier que je l'aimais.

Mais deux n'arriva jamais.

Un klaxon puissant et continu retentit.

J'ai aussitôt ouvert les yeux. La voiture arrivait face à moi, en me faisant des appels de phares désespérés. Je m'étais complètement déporté sur la gauche.

Un frisson m'a parcouru et l'instinct de survie l'a emporté. Je me suis penché autant que j'ai pu sur la droite et j'ai senti la tôle frôler ma jambe. Le mec avait la main bloquée sur l'avertisseur. Le souffle m'a projeté encore plus et j'ai évité le choc de justesse.

La caisse a dévié sur le bas-côté avant de rétablir sa trajectoire. J'ai pressé le frein légèrement et réussi à remettre la moto d'aplomb d'un grand coup de reins, puis je me suis arrêté pour reprendre mes esprits.

J'ai jeté un œil dans le rétro.

Le conducteur était descendu et faisait de grands gestes agressifs dans ma direction. Il a commencé à courir vers moi comme un dératé. J'ai remis les gaz et détalé.

J'avais le dos en sueur, j'avais froid.

J'ai bifurqué dans une petite allée qui s'enfonçait dans la pénombre.

J'ai avancé doucement le long d'un mur de pierre, stoppé la moto, et c'est quand j'ai posé pied à terre que j'ai senti que je tremblais. Je me suis adossé au mur. J'ai respiré lentement. J'étais extrêmement faible et fatigué. Comme après un entraînement intense. Mes jambes étaient lourdes.

Passé l'émotion, je mesurais seulement maintenant l'ampleur de ma connerie. Le contrecoup était brutal.

J'ai allumé une cigarette, pris le temps de retrouver quelques forces et quand j'ai considéré que tout allait mieux, j'ai repris ma route.

Il faisait nuit noire quand je suis arrivé à la villa. Kramer était en colère. Je me suis excusé et je lui ai promis un plein d'essence. Il a passé l'éponge.

Il n'y avait pas grand monde dans le jardin. Ce n'était pas soir de fête.

Zelda pianotait un vieux standard de jazz. Münch et Tony fumaient sur un transat en l'écoutant. La table était jonchée de vaisselle sale. Tony m'a salué d'un geste de la main. J'ai fait signe que j'allais me coucher.

Ana dormait. Je me suis déshabillé en silence et je l'ai rejointe en prenant soin de ne pas la réveiller.

25.

Je me suis levé tôt, je n'arrivais plus à dormir. La femme de ménage s'activait déjà, la mine renfrognée.

Je me suis fait un café et j'ai aperçu tous les restes de la veille entassés sur la table. J'ai entrepris de nettoyer un peu le bordel, mais elle est entrée dans la cuisine et m'a dit d'un ton désagréable qu'elle allait s'en occuper. J'ai pris un air contrit et compatissant. Et je l'ai laissée faire.

J'ai regardé longuement les nuages s'amonceler dans un lent et ouateux ballet en buvant mon expresso. Sur la terrasse, j'entendais la femme de ménage râler derrière la baie vitrée. Je l'aimais bien, au fond, malgré son air canin et son sale caractère.

Le vent forcissait et le parasol tanguait. Je l'ai replié, puis j'ai empilé les chaises les unes sur les autres et rangé les serviettes de bain. Les palmiers au fond du jardin ployaient, désarticulés. Les arbousiers frémissaient bruyamment. Un chien a aboyé dans le lointain. Des oies sauvages, majestueuses et bruyantes, sont passées en escadrille ordonnée au-dessus de moi.

Impavides, elles bravaient les vents contraires, en route vers le sud.

J'ai attendu la pluie, mais rien ne vint.

Les oies sauvages ont disparu.

Je suis rentré.

La femme de ménage s'affairait maintenant dans les étages.

J'étais à nouveau seul dans le grand salon et je ne voyais qu'elle, cette haute porte blanche qui me faisait face. J'ai hésité, maudit ma curiosité, mais je n'ai pu m'empêcher de l'ouvrir sans un bruit.

La boule dans mon ventre s'est réveillée.

Plus rien n'existait à part cette armoire métallique.

Ma conscience m'intimait de déguerpir. Mais quelque chose de plus puissant me poussait vers elle.

J'ai caressé machinalement la tête de léopard.

Je pouvais encore faire demi-tour.

Le poil était étonnamment doux et soyeux.

J'ai fait un pas.

Puis deux.

Par la fenêtre, je pouvais distinguer au loin la mer qui blanchissait d'écume et de vagues.

J'ai saisi la poignée.

Mais le tiroir était bloqué.

J'ai tiré plus vigoureusement. Toujours rien.

J'ai essayé les autres. Même chose. Il n'y avait rien à faire. Igor les avait verrouillés.

La colère s'est jointe à la déception, et j'ai un instant songé à forcer la serrure, en voyant le coupe-papier sur le sous-main de cuir. Mais j'ai vite abandonné l'idée.

J'ai cherché une solution. Il me fallait accéder aux dossiers. Il me fallait lire. Il me fallait savoir.

J'ai entendu la femme de ménage redescendre.

Je n'avais plus le temps. Ça devenait trop dangereux.

J'ai entrebâillé la porte, la maudissant en silence.

Elle s'est dirigée vers la bibliothèque et moi je me suis faufilé jusqu'à ma chambre.

J'étais comme un gosse, frustré et impuissant.

Ana dormait toujours. Je l'ai contemplée, paisible et fragile sur le drap blanc.

Doucement, ma respiration a ralenti, mes muscles se sont détendus et mon esprit est redevenu presque clair.

J'ai posé mes lèvres entre ses omoplates. Elle a frémi. J'ai pris une photo d'elle avec son Pola et déposé le cliché encore blanc sur sa table de nuit. En dessous, j'ai dessiné un cœur.

Le vent s'est calmé un peu et l'atmosphère s'est alourdie. Les arbres ont cessé leur danse.

Quand tout le monde fut réveillé, Anton nous a réunis pour nous dire que la prochaine mission était pour bientôt.

Je n'ai éprouvé aucune excitation. Ensuite, il s'est éloigné pour passer un coup de téléphone et la troupe s'est dispersée. Heinz s'est approché pour me dire que ce soir, c'était l'anniversaire de Billie, et qu'ils descendaient tous au *666* assister à un concert de rock. Avant qu'il ne me pose la question, je lui ai répondu que j'en étais. Ana m'a serré fort en sautant de joie.

« Faut qu'on se prépare ! » a-t-elle lancé bien qu'il ne soit que midi.

Elle avait parfois des réactions d'enfant et j'adorais ça.

On est arrivés vers 21 heures.

Münch arborait un cuir noir sur un marcel blanc, Zelda un tee-shirt large de Motörhead, Ana portait ses Doc et sa robe noire qu'à coups de ciseaux imparfaits elle avait encore un peu plus raccourcie, Tony une paire de Boots à bout pointu, une chemise aux manches retroussées jusqu'aux épaules et Billie flottait dans un costard de mec avec une nonchalance assumée. On brandissait haut les codes du rock'n'roll et on en était fiers.

Il y avait foule devant la salle. Des *kids* en skate, des mecs aux cheveux gris, des nanas sexy. Un mec bradait des merguez et des bières. D'autres revendaient des billets. J'ai aperçu Rekkie et Chab mais je ne suis pas allé les voir. J'ai descendu ma pinte cul sec. Elias s'est vidé une cannette entière sur la tête et on a éclaté de rire. Il a secoué ses cheveux comme un épagneul sortant de l'eau pour nous éclabousser, alors on s'est mis à le houspiller, chacun esquivant à sa manière le liquide poisseux.

Et puis Heinz a levé les bras en s'exclamant :

« Hey, voilà saint Pierre ! »

Je me suis retourné et je suis tombé nez à nez avec Luigi. Il a salué tout le monde avant de s'adresser à moi :

« Ça va, toi ? »

J'ai fait oui, évidemment, de la tête.

Billie lui a annoncé direct que c'était son anniversaire en roulant de grands yeux. Luigi a glissé un petit sachet dans son soutien-gorge en déposant un baiser sur son front. Elle s'est inclinée pour un baisemain, pleine d'une déférence surjouée.

« Merci, saint Pierre… »

On a tous lâché quelques billets contre quelques grammes et on est entrés dans la salle. J'ai demandé à Luigi :

« Pourquoi ils t'appellent tous saint Pierre ? »

Il a pris l'air détaché.

« Parce que j'ai les clés du paradis. »

On s'est fait tamponner le bras.

Il a cligné de l'œil et fait claquer sa langue avant de pousser les portes battantes qui menaient à la fosse.

La première partie terminait son set sous les sifflets.

Le bassiste est sorti de scène en nous adressant un magnifique doigt d'honneur, tandis que le chanteur crachait sur les premiers rangs, invitant quiconque le désirait à monter sur scène pour se battre, pendant que tournait à l'infini un désagréable et suraigu larsen créé par un guitariste visiblement soûl et sourd, qui simulait un coït avec son ampli.

Le *tour manager* est venu leur gueuler dessus, accompagné de robustes *roadies*, et tout le monde est sagement retourné *backstage* en titubant, les majeurs toujours fièrement levés vers le ciel.

Les néons se sont rallumés. On s'est dirigés vers le bar pendant que la sono se mettait à cracher un vieil album de The Jesus and Mary Chain.

On s'est fait quelques shots en l'honneur de Billie, déjà ivre et défoncée.

Ana nous a pris en photo. Le flash ne nous rendait pas grâce mais on avait l'air heureux.

Je l'ai attirée à moi.

« Vous connaissez Luigi ? »

Elle a paru surprise.

« Évidemment. »

J'ai froncé les sourcils.

« C'est lui qui t'a emmené au *Squat*, non ? »

Je ne comprenais pas.

« Et c'est là que tu nous as rencontrés, je me trompe ? Sans lui, pas de *Squat*. Et sans *Squat*, pas d'ange. »

Elle a souri.

Je me refaisais le film de la soirée.

Chab. L'anniversaire de Milan. Luigi. La discussion à propos du *Squat*. Le physio. Billie. La cour. Les anges. Ana.

« C'est lui qui repère les anges pour Igor, chéri. Il est le trait d'union. Celui qui recrute, celui qui choisit, celui qui ouvre les portes du paradis. Tu verras comment ça se passe si Igor a besoin de quelqu'un. »

Luigi était venu à la fête pour m'emmener au *Squat*. J'avais été guidé pendant tout ce temps.

« Igor passe commande et Luigi se met en chasse. Ce mec sait tout sur tout le monde. Et il a la meilleure dope de la côte. »

Billie a aligné deux traits de poudre sur sa main et sniffé le premier avant de me tendre le deuxième. Je n'ai pas demandé mon reste.

Ma tête a chauffé très vite, mes cloisons nasales sont devenues insensibles et j'ai instantanément oublié Luigi. J'ai reniflé très fort et ça l'a fait ricaner.

Les lumières se sont tamisées. La foule a crié. Noir salle. Vacarme. Le groupe est entré en contre-jour. Le bassiste portait une toge à capuche qui lui donnait un air de moine inquiétant dans la fumée. Le guitariste a envoyé un riff massif et le public a exulté. Déluge sonore immédiat. On a commencé à sauter dans tous les sens. Zelda a atteint le premier rang en quelques secondes. Elle s'est hissée sur scène et elle a esquissé quelques pas de danse avant d'enlacer le chanteur, qui est resté imperturbable. J'ai sifflé aussi fort que j'ai pu. Ensuite, elle s'est jetée dans le public, qui l'a portée d'un bout à l'autre du club.

Le groupe a enchaîné le deuxième morceau sans pause et j'ai compris qu'on allait en prendre plein la gueule. On était là pour ça.

J'avais les oreilles qui bourdonnaient et beaucoup trop de substances dans les veines quand on est sortis du 666.

Le vent était chaud et humide, et le ciel sans lune ni étoiles.

Heinz a proposé qu'on aille s'en jeter un dans un bar du Carré Rouge. La pluie s'est mise à tomber. L'air s'est immédiatement rafraîchi. Ça m'a fait un bien fou. On s'est réfugiés sous un arbre. On devinait les poitrines des filles sous les tissus trempés. J'ai mis ma veste sur les épaules d'Ana, qui s'est serrée contre moi. J'aurais voulu que le film s'arrête là.

« En même temps, mouillé pour mouillé ! » a lancé Heinz en s'élançant sous le déluge.

On s'est regardés, interloqués, et on s'est tous élancés derrière lui.

On a dévalé la rue en criant, on chahutait, on s'exhortait à accélérer, on se poussait, on riait.

Münch, de loin le plus rapide, a tourné sur la gauche et on a débarqué en plein Carré Rouge.

Nous n'avions pas encore repris nos souffles qu'il poussait déjà la porte du premier bar.

26.

Je ne saurais dire comment on est rentrés. La dernière chose que j'ai vue avant de sombrer, c'est Elias qui vomissait dans un lavabo et Kramer qui s'esclaffait, juste derrière lui. Après, plus rien.

Je me suis réveillé nu, seul dans mon lit. Le jour filtrait à travers les lattes des volets. Je pesais trois fois mon poids et j'avais la gorge sèche. Le sang frappait violemment mes tempes. Je me suis juré sans trop y croire de ne plus jamais boire d'alcool.

J'ai pris une douche glacée, deux cafés et la machine s'est remise doucement en route.

C'était le début de l'après-midi. Polly et Tony tapaient de la coke sur la table du salon de jardin. Je me suis dit qu'on commençait à déconner sérieusement.

J'ai plongé dans la piscine et j'ai enchaîné les longueurs pour éliminer le maximum de saloperies de mon corps. Au fond de moi, il me restait encore un peu ce goût de l'effort, cette morale sportive et ces principes d'hygiène qui avaient régi ma vie depuis ces dernières années.

Une fois le calvaire terminé, je me suis accoudé à la margelle. Mon pouls redescendait, mes épaules brûlaient, ma bonne conscience triomphait.

Le soleil était revenu et avec lui la chaleur, épaisse et étouffante.

Ana s'est assise au bord de la piscine en buvant une margarita. Elle portait un bikini rose bonbon.

Quand je suis sorti, elle m'a enveloppé dans une grande serviette moelleuse.

Münch avait lancé une playlist *West Coast* cool et discutait avec Kramer en s'empiffrant de donuts.

Anton était scotché au téléphone. Il faisait les cent pas au fond du parc.

Je ne sais pas pourquoi mais j'ai repensé à l'enfant au cerf-volant, et je me suis senti un peu triste. Ana m'a tendu un cocktail et son sourire a momentanément dissipé le trouble.

Ensuite, le temps est passé, doux et innocent.

Un vrombissement de moteur de l'autre côté de la villa. Puis un autre. J'ai enfilé un tee-shirt et jeté un œil par la baie vitrée. Igor est entré, portant un attaché-case de cuir noir. Un albinos, grand et large, le suivait. Ils se sont échangé quelques mots. Le type avait un accent des pays de l'Est. Il ressemblait à un gangster de film américain, dans son costume trois pièces blanc et ses bottes en peau de serpent. Igor avait l'air tendu.

L'albinos s'est arrêté, a scruté autour de lui avant de le complimenter sur sa demeure.

Il avait les yeux bleus, extrêmement clairs, presque transparents. Il dégageait une assurance tranquille, un calme troublant.

Ils sont ensuite sortis sur la terrasse pour admirer la vue.

On s'est tous arrêtés un instant pour les saluer.

Il a incliné légèrement la tête en m'apercevant, puis il s'est avancé vers moi.

« Bogdan Kalev. »

Il m'a serré la main.

« Et toi, c'est Roman, c'est bien ça ? »

J'ai acquiescé.

« J'ai entendu parler de toi. »

Il a souri légèrement, accentuant la pression de ses doigts.

C'était la première fois que je voyais un albinos.

Les seules notes de couleur étaient ses iris et ses lèvres, rose pâle. Je me suis efforcé de ne pas paraître intimidé.

« Ravi de te rencontrer.
– Moi aussi », j'ai bredouillé.

Il m'a lâché.

« Allons-y, Igor », a-t-il dit en le rejoignant.

Ils sont rentrés et se sont enfermés dans le bureau.

Moi, je suis resté pétrifié.

Zelda s'est mise à improviser une ballade au piano.

Heinz m'a glissé quelques mots en passant mais je ne les ai pas vraiment entendus.

« C'était qui ? » m'a demandé Ana

Je n'ai pas répondu.

Le jour s'étirait langoureusement vers un soir sans fraîcheur lorsque Kalev et Igor sont réapparus, parlant fort dans une langue inconnue. Ils semblaient se féliciter. Igor a raccompagné Bogdan.

Quand il est revenu vers nous, il semblait satisfait.

« Préparez-vous, mes anges, ce soir on sort ! »

27.

L'immense villa s'élevait au fond d'un parc somptueux. Des chevaux de marbre, montés par des éphèbes en travertin de Rome, crachaient des gerbes d'eau démesurées qui retombaient dans un bassin aux ornements baroques d'un goût discutable. Une allée goudronnée longeait cette fontaine jusqu'à un imposant perron. Nous y attendaient des voituriers à qui on confia avec élégance les clés des voitures de luxe dans lesquelles Igor tenait absolument à ce que nous arrivions. On s'était mis sur notre trente et un pour lui faire honneur.

En haut d'un escalier en ellipse se trouvait un petit homme rondouillard à moustache, apparemment sud-américain et ravi de nous recevoir.

Il a accueilli chaleureusement Igor puis nous a invités à rejoindre la soirée qui battait déjà son plein. On a salué poliment Escobar, et on s'est lancés.

Dans la pénombre, les gens dansaient sur des sons surcompressés que balançait un D.J. aux cheveux longs. Les filles étaient superbes, les mecs, pour la plupart, bien plus âgés qu'elles. Les murs étaient recouverts de toiles de maître. Je commençais à m'y connaître. Stella, Pollock, Close. Rien que ça. J'ai pris au vol une coupe de champagne à l'un des serveurs qui déambulaient, plateau à la main.

Plus loin, une sculpture lumineuse de Bruce Nauman éclairait une arachné de Louise Bourgeois, un mobile de Calder surplombait une œuvre de Tony Cragg. On s'est regardés, l'air ébahi, et on a tous pensé la même chose.

« Pas mal, non ? » s'est extasié Igor.

Je n'ai pas eu le temps de répondre qu'une femme en robe de soirée, lèvres et seins flambant neufs, s'avançait vers nous en gesticulant avec emphase.

« Igor, mon chéri ! » cria-t-elle en roulant les « r » d'une voix suraiguë.

Igor a baisé sa main en lui susurrant quelques compliments absurdes qui l'ont fait rire bruyamment, et un peu rougir malgré la couche de fond de teint épaisse. Puis ses yeux se sont portés sur moi.

« Toujours bien accompagné à ce que je vois. »

Il a incliné la tête en signe d'évidence.

« Toujours.
– Tu ne me présentes pas ? »

Igor a tiré sur son porte-cigarettes en ivoire, puis m'a délicatement poussé vers elle.

« Princessa, permettez-moi de vous présenter le jeune Roman. »

Elle a pris ma main entre les siennes avant de les porter à son nez et de prendre une profonde inspiration. Les yeux fermés, elle semblait transportée.

« Magnifique », a-t-elle soupiré.

Je ne savais pas quoi faire. Elle a rouvert les yeux pour les planter dans les miens.

« Quel charmant garçon… »

Elle me dévorait du regard.

« N'est-ce pas ? » a répondu Igor en me ramenant discrètement à lui.

Je lui en étais reconnaissant.
La Princessa a repris ses esprits.

« Mais je vous en prie, a-t-elle fait en nous indiquant le grand salon. Amusez-vous, vous êtes chez vous ! »

Ana m'a rejoint sur les quelques marches qui y menaient.

« Je t'ai à l'œil, toi... », m'a-t-elle glissé ironiquement en posant une main sur mon cul.

Sur la piste de danse, un vieux type bedonnant était collé à Jeanne et s'agitait comme un poulet. Il essayait d'en jeter mais c'était navrant. Elle jouait le jeu pour s'amuser et l'allumait un peu. Le mec n'en pouvait plus. Je me suis dit que je n'étais pas encore assez soûl pour assister à ça.

Zelda, Kramer et Münch étaient postés devant le D.J., bras levés, déchaînés, tandis que Tony et Polly squattaient allègrement le bar. Les autres avaient disparu.

J'ai laissé Ana danser avec Billie et je suis sorti sur la terrasse.

En contrebas, une piscine autour de laquelle des gens s'enivraient, fumaient, discutaient, dansaient au son d'un autre D.J. Les costards haut de gamme côtoyaient les robes de couturier. Ça en jetait. J'ai bu une nouvelle coupe, et je suis descendu.

J'ai retrouvé Igor, narrant avec talent et lyrisme une histoire qu'il déroulait à une petite assemblée totalement envoûtée.

Il avait de l'allure, de la prestance. J'étais fier de le connaître, d'être l'un de ses anges. Oubliées l'ombre et la noirceur de l'homme. Je ne voyais là qu'un être exquis au charisme insensé.

Les convives ont éclaté de rire. Ils se tapaient du coude, se regardaient pour vérifier si leur voisin avait bien compris. Igor m'a aperçu et lancé un beau et vibrant sourire que je lui ai rendu, puis il est retourné à son auditoire.

J'ai repris ma déambulation.

Une belle et très jeune Asiatique en bikini se trémoussait au bord de la piscine. Des types la reluquaient. Elle en rajoutait.

Adossée à un arbre, une femme d'âge mûr embrassait un jeune mec. Juste à côté, son mari gardait son sac en prenant l'air dégagé.

Trois hommes d'une soixantaine d'années, une fille sur chaque jambe, étaient assis autour d'une table basse en verre et sniffaient des montagnes de poudre. Ils parlaient fort. Elles souriaient tristement.

Dans un recoin, deux femmes embrassaient deux hommes. Parfois, ils changeaient de partenaire.

Plus loin, un attroupement de types aux cheveux gris. Ils se donnaient des cartes de visite et des coups de poing virils sur les épaules.

Des jeunes tapaient des shots de tequila sur le sol, nœuds papillons desserrés et vestes tombées.

Derrière, deux types qui s'entretenaient de politique ont failli en venir aux mains. Un troisième est intervenu. Tout est rentré dans l'ordre.

Des lampions photosensibles multicolores éclairaient par touches le parc, vaste et luxuriant.

Je me suis arrêté sous un immense tilleul et j'ai pris quelques secondes pour observer la scène de loin. Tous ces corps agités, désordonnés, délabrés ou déjà usés. La drogue, l'alcool, la musique. Les sourires de façade.

Tous ces mots, toutes ces envies, différentes mais réunies, toutes ces promesses évanouies à peine prononcées. Le sexe à venir. Les regrets, incertains mais pourtant si proches. Le pouvoir et l'argent.

Je me suis allumé une clope.

J'ai aperçu Tony et Elias avec des filles. Ils faisaient leur show. Elles semblaient aimer ça.

J'ai jeté mon mégot et suis parti à la recherche d'Ana.

J'ai croisé la Princessa qui m'a lancé un baiser de loin. J'ai hésité, puis j'ai fait semblant de l'attraper au vol, surpris moi-même de ce geste. Elle a joué la femme touchée et conquise. J'ai continué et je suis entré dans le salon.

Le D.J. envoyait une techno hypnotique. Un flash m'a aveuglé.

Je ne voyais plus qu'une grosse tache rouge et verte. Ana m'a sauté au cou en me hurlant que je lui avais manqué.

Heinz est arrivé avec trois verres. On s'est servis.

« C'est dingue ici ! »

Une fille l'a enlacé en l'appelant « mon animal ». Il a haussé les épaules en signe d'impuissance, et s'est laissé entraîner plus loin.

Ana a sorti des cachets jaune fluo qu'on a gobés.

Les gens dans le jardin ont tous rappliqué d'un coup à l'intérieur à cause d'une pluie soudaine. Et c'est parti en vrille.

La pièce était archi-bondée et le D.J. s'en donnait à cœur joie. Les corps mouillés se sont serrés. Les limites sont tombées.

J'étais totalement arraché, je planais à mille pieds, alors j'ai emmené Ana dans un recoin et je l'ai baisée debout contre un mur. C'était sauvage et impudique.

J'entendais des gens passer derrière nous, des cris de joie et de plaisir. Ana s'est agrippée à moi, enfonçant ses ongles dans ma peau et mordant ma chair. La tête me tournait. Je ne savais plus où j'étais.

Ensuite, on a fumé un joint tous les deux, puis Ana est repartie danser avec Billie.

Un grand type au visage étrange s'est arrêté devant moi pour me demander du feu. Le temps de sortir mon zippo, un deuxième, plus petit, nous a rejoints.

On a commencé à discuter, les mecs étaient sympas, ils m'ont demandé mon prénom et, très vite, ils m'ont proposé de la C. Alors je les ai suivis.

On est montés au premier étage et entrés dans la première pièce qui s'est présentée, histoire d'être tranquilles.

Ils ont fermé la porte à clé. Le premier a rassemblé des fauteuils club autour d'une table basse où le deuxième a étalé de la poudre et dessiné une dizaine de lignes bien parallèles. « Du travail d'orfèvre », j'ai pensé.

Sous nos pieds, le sol tremblait à cause des infrabasses.

On a commencé à taper, je me suis senti bien, la coke était parfaite.

Ils avaient une quarantaine d'années et bossaient dans le cinéma. Ils connaissaient tout le monde et en faisaient étalage.

Sur ma droite, j'ai remarqué une grande statue de bronze représentant une version améliorée de la Princessa. Je me suis dit qu'elle devait être belle, jeune.

Au bout d'un moment, le plus petit s'est dressé d'un bond et mis en quête d'une bouteille. Il faisait de grands gestes en répétant qu'il avait soif et qu'il allait forcément trouver un bon truc dans ce putain de boudoir. Il ouvrait les placards, les tiroirs, ne prenait aucune précaution, foutait le bordel en poussant des râles d'agacement qui me faisaient marrer.

L'autre type me fixait, désormais silencieux. Le petit n'arrêtait pas de tchatcher, de s'extasier sur tout ce qu'il voyait et il a finalement poussé un cri strident en brandissant une bouteille de whisky.

« On va se régaler », s'est-il exclamé en posant trois verres et un Lagavulin hors d'âge devant nous.

Pas besoin de s'y connaître pour comprendre que le whisky était exceptionnel. On avait à peine descendu la première tournée qu'on attaquait déjà la deuxième.

Mais l'alcool et la coke ont commencé à me monter à la tête. J'étais toujours sous l'emprise de la M.D.M.A., et ça me mettait dans un état étrange. J'ai commencé à flipper, à trouver les deux mecs un peu bizarres. Ils rigolaient entre eux et j'avais du mal à tout saisir. J'essayais de rester calme pour donner le change mais un truc ne tournait pas rond.

Ils ont fini leur verre et m'ont conseillé d'en faire autant. Je me suis exécuté. Ils ont applaudi et m'ont resservi. Je ne voulais pas enchaîner tout de suite mais ils ont insisté. J'ai déclaré que j'allais attendre un peu. Le grand s'est fait plus pressant. J'ai bu. Il a posé une main sur ma jambe. Le petit ne riait plus du tout. Il s'est levé et l'autre a serré fort ma cuisse. Il me faisait mal. J'ai essayé de me dégager mais il s'est brusquement jeté sur moi. Le petit s'est rapproché et m'a traité de petite pute. Je me suis débattu mais le gars était costaud. Le petit a entrepris de me retirer mon pantalon. Je lui ai mis un coup de pied en pleine figure. Il a grogné en m'insultant. Je l'avais énervé. Il m'a envoyé un violent coup de poing qui m'a séché. Le grand a arraché ma chemise et s'est agenouillé sur moi. J'ai repris un peu mes esprits et j'ai donné un grand coup de bassin qui l'a déséquilibré. J'en ai profité pour le faire tomber et me relever. Le petit m'a poussé contre le mur. Ma tête a heurté le cadre d'un tableau, qui s'est fracassé au sol. Malgré la douleur, je l'ai frappé de toutes mes forces au foie. Il a chaviré sur le dos. Le grand est arrivé, l'écume aux lèvres, mais je l'ai assommé d'un crochet à la tempe. Il n'a plus bougé. Le petit était déjà en train de revenir à la charge, alors j'ai explosé la bouteille de Lagavulin sur son crâne. Il s'est affalé sur le ventre.

J'étais à bout de souffle, j'avais la chair de poule. J'étais dans un état second.

Je me suis approché d'eux, serrant le tesson aussi fort que possible entre mes phalanges blanchies. Je flippais. J'ai posé deux doigts sur leur carotide et j'ai été rassuré. Les mecs n'étaient pas morts. Non pas que j'en eusse douté, mais je préférais en avoir le cœur net.

La porte était fermée à double tour.

J'ai cherché partout mais je ne trouvais pas cette putain de clé.

Je m'étais résolu à défoncer la porte quand je l'ai aperçue sur le tapis, devant un fauteuil renversé. J'ai sauté dessus et je suis sorti en courant.

J'ai refermé ma chemise comme j'ai pu en descendant l'escalier. Elle était déchirée et il manquait la moitié des boutons.

J'ai trouvé Ana et je l'ai saisie par le bras. Elle a paru terrifiée en découvrant mon état.

« Viens, il faut s'en aller. Où est Igor ?

– Pourquoi ? Qu'est-ce qu'il s'est passé ?

– Où est Igor ? j'ai demandé avec plus d'insistance.

– Il est rentré depuis un moment. Avec Kramer, Zelda et Münch, je crois. Pourquoi ?

– Pour rien. Viens, on rentre. »

On a fendu la foule, trouvé Billie, Jeanne et Heinz sur le chemin. Ils étaient défoncés et j'ai vu qu'ils ne comprenaient pas vraiment ce que je leur racontais.

Jeanne a demandé pourquoi ma chemise était maculée de sang. C'est là que j'ai compris que mon cuir chevelu était sévèrement entaillé. Je n'avais rien senti jusqu'alors.

« C'est rien », j'ai dit.

Heinz a récupéré la voiture et je suis monté à l'arrière avec Ana et Billie.

Il a roulé vite, fenêtres ouvertes. L'air frais m'apaisait et soulageait un peu l'algésie qui commençait à poindre.

J'ai pensé à la Princessa, à Escobar, à l'Asiatique en bikini, à l'immense tilleul et à Ana contre le mur. Je me suis calmé un peu.

Et je leur ai tout déballé.

Heinz est devenu dingue, il tapait de grands coups sur le volant en jurant.

Les filles écoutaient, abasourdies.

Personne n'a vraiment su quoi ajouter.

Alors on s'est tus.

28.

Je contemple le soleil qui filtre au travers des châtaigniers rouges et jaunes pendant que la prof nous parle de la Deuxième Guerre mondiale. J'ai lâché depuis longtemps.

Il y a un peu de buée sur les vitres. On a ressorti les pulls. L'automne est arrivé.

Je m'appuie sur le radiateur en fonte et je sens la chaleur se propager en moi jusqu'à me brûler le bras. J'essaie de tenir le plus longtemps possible, puis je m'en écarte brusquement quand cela devient insoutenable. Ma manche demeure chaude quelques secondes, puis refroidit inévitablement. Alors je recommence.

Dehors, une feuille tombe d'un platane sans un bruit sur le bitume de la cour. J'ai hâte de sortir.

Soudain, on frappe à la porte et le directeur entre sans attendre de réponse. On se lève, il nous fait signe de nous asseoir. Il murmure quelques mots à l'oreille de notre professeur, qui blêmit. Elle hoche la tête.

« Roman, mon grand, prends tes affaires et suis monsieur le directeur. »

Les autres me dévisagent. Je rougis instantanément.

Pendant que je remplis mon cartable, j'essaie de comprendre. Je cherche ce que j'ai pu faire de mal, mais je ne vois pas.

Ça se bouscule dans mon esprit. Je traverse la classe. Certains de mes camarades évitent mon regard, d'autres pouffent et se moquent de moi. J'ai la boule au ventre.

Le directeur pose une main sur mon épaule et nous sortons pendant qu'une rumeur enfle. Il referme la porte. Le silence revient.

Nous avançons côte à côte dans le long couloir. Nos pas claquent sur le sol en pierre. Il se tait.

Au passage de chaque salle de cours, je perçois les voix étouffées des professeurs qui essaient tant bien que mal de capter l'attention de leurs élèves pour les quelques minutes qu'il reste. C'est la fin de journée, tout le monde a envie d'en finir et d'aller s'amuser dehors.

Le directeur n'est pas comme d'habitude. Il y a quelque chose de différent dans son comportement, dans ce qu'il dégage.

C'est une sensation étrange, inexplicable. Je n'aime pas trop ça. J'aime avoir mes repères. Je l'observe du coin de l'œil et je me fais la réflexion qu'il me semble même plus petit. C'est peut-être moi qui grandis.

On bifurque sur la gauche, on passe l'entrée des élèves et on pénètre dans son bureau.

Je reste debout sur le seuil, mon cartable sur le dos.

Il m'invite à m'asseoir. Il a mauvaise mine. Je m'attends au pire.

Il soupire.

« Roman, mon grand, il est arrivé quelque chose. Quelque chose de grave. »

Il cherche ses mots, hésite.

« Je... C'est moi qui vais te raccompagner aujourd'hui. »

Je suis soulagé de ne pas me faire engueuler. Mais, je ne comprends pas.

Je monte à côté de lui dans sa voiture et j'aperçois au loin mes camarades qui sortent de l'école.

« Qu'est-ce qu'il se passe ?

– Je t'expliquerai quand on sera arrivés. »

Sur la route, je vois une femme promener son chien, un couple faire son jogging. De la fumée s'échappe de leurs bouches.

Le directeur met le chauffage.

Il conduit vite et on se gare assez rapidement au bout du chemin qui mène à la maison.

Mon cœur s'emballe quand j'aperçois une ambulance, des gyrophares et plein de monde devant chez moi. Le directeur soupire. Il semble dévasté.

« Il va falloir être courageux, mon grand. »

Il fait maintenant très chaud dans l'habitacle et j'ai un peu la nausée. Je fais oui de la tête.

« Viens », ajoute-t-il en ouvrant la portière.

Il me prend par l'épaule et m'accompagne vers un homme en uniforme. Il lui glisse quelques mots à l'oreille. Celui-ci nous emmène vers un monsieur aux cheveux gris.

« C'est Roman, l'enfant. »

Dans la cour, je distingue des hommes en combinaison blanche, des flashs, un policier qui déroule un cordon de sécurité.

Le salon est éclairé mais je ne vois pas bien à l'intérieur. Le type me présente une jeune femme.

Elle me tend la main et se fend d'un grand sourire qui se veut chaleureux.

« Bonjour, Roman. Je m'appelle Zoé. Tu vas rester un petit peu avec moi. Tu es d'accord ? »

Je me sens tout engourdi. Je réponds « oui » tout bas.

Elle fait un signe au monsieur aux cheveux gris ainsi qu'au directeur. Ce dernier s'approche, me serre contre lui. Il sent la naphtaline et l'eau de Cologne. Il a l'air triste. Et puis il s'en va et je me retrouve seul avec Zoé.

Elle me parle de l'école, de mes copains, puis de mes parents, me pose quelques questions. Elle veut savoir si tout va bien, s'ils se disputent parfois, si j'ai remarqué des choses qu'un papa ne devrait pas faire.

Je reste silencieux.

Elle me demande si elle peut voir mes bras. Je remonte mes manches.

Elle me demande si elle peut voir mon ventre, ma poitrine. Je baisse la tête. Elle ajoute que ce n'est pas grave, que si je n'ai pas envie, je n'ai pas à le faire. Il fait froid mais j'ouvre mon blouson et je remonte mon pull. Zoé me sourit ; c'est bon, je peux me rhabiller.

Il y a soudain un peu plus d'agitation devant l'entrée.

Un groupe de policiers sort de la maison, en traînant mon père derrière eux. Il a le menton baissé et des menottes aux poignets. Mon cœur manque un battement.

Il jette un œil dans ma direction et nos regards se croisent. Il tente de s'arrêter mais les flics le forcent à avancer.

Il leur dit quelque chose que je ne saisis pas. J'entends mon nom. Je crie « Papa ! ». J'essaie d'aller vers lui mais Zoé me retient. Les policiers l'emmènent de force. Il se débat. Moi aussi. Mais ils s'éloignent peu à peu. Puis disparaissent.

Je me mets à pleurer. Je ne comprends rien. Qu'on m'explique !

Zoé me susurre quelques mots qui glissent sur ma détresse. Elle appelle un collègue et lui demande sèchement si cette putain de voiture va finir par arriver. Le type file en courant. Je feins de me calmer. Zoé relâche l'étreinte. Immédiatement, je cours en direction de la maison. Les flics en faction réagissent trop tard. Je suis déjà passé. Je me jette à l'intérieur, mais une main me retient, puis une autre et je me retrouve ceinturé par un gros type roux. Deux autres accourent mais j'ai le temps d'apercevoir ma mère étendue dans une mare de sang. Elle est immobile devant le canapé. Des types posent des petits carrés jaunes numérotés par terre, d'autres la prennent en photo. Je hurle en essayant de m'échapper. Je ne supporte pas l'idée de ces gens autour d'elle. Foutez-lui la paix ! Je veux la voir, je veux la toucher, je veux lui parler, je veux l'aider !

Mais déjà on me ramène dehors.

Zoé est là. Elle me parle tout bas, me réconforte. Il n'y a rien à faire, rien à dire. On le sait tous les deux. Mais elle essaie quand même, et au fond ça me touche.

Ils m'installent dans un véhicule de police et Zoé me promet qu'elle va prendre soin de moi. Je suis anéanti. La portière se referme. Tout devient irréel. Je ressens une profonde fatigue.

La nuit est tombée. Je me répète que tout ça n'est pas vrai, que ma mère va apparaître sur le pas de la porte et me faire signe de venir à elle en souriant. Je suis sûr qu'ils se sont trompés. Ça arrive, les erreurs. Je me concentre pour que cette réalité advienne.

Mais la voiture démarre et s'élance sur le chemin. Je me retourne et regarde pour la dernière fois notre maison.

Zoé m'assure que tout va bien aller.

Je n'ai que onze ans, mais je sais que ce n'est pas vrai.

29.

J'ai bu un verre de cognac pendant qu'Ana nettoyait ma plaie.

Le calme revenait mais avec lui d'autres sentiments s'invitaient. Je me suis senti affreusement seul. Heinz m'a tendu un stick.

J'ai voulu faire tourner mais il a insisté pour que je le garde, alors je l'ai fumé en entier. Il m'a conseillé d'en parler à Igor. Jeanne trouvait que ce n'était pas une bonne idée.

Le débat était lancé.

J'ai vite décroché.

La colère grandissait au fond de moi. Je me refaisais en boucle le film de la soirée et je m'en voulais de ne pas avoir été plus méfiant.

Anton m'a demandé de les lui décrire, d'énoncer tout ce que je savais d'eux. À part le fait qu'ils travaillent dans le cinéma, je ne savais pas grand-chose. Il a dit O.K. et il est parti.

La douleur, lancinante et chaude, irradiait mon crâne. J'avais l'habitude des coupures et des coups, alors j'ai pris sur moi.

Billie s'est lancée dans l'une de ses fameuses histoires et a réussi à m'arracher un sourire.

Les anges prenaient soin de moi. On était une famille, on était des frères.

La porte-fenêtre du salon a claqué.

Dans un kimono de satin blanc, Igor est arrivé. Il s'est assis parmi nous dans un fauteuil en osier et il a tiré quelques taffes sur le joint de Jeanne.

Il s'est ensuite tourné vers moi.

« Ils ne travaillent pas dans le cinéma. »

Il s'est rapproché.

« Ces types, à la fête. Ils ne travaillent pas dans le cinéma. Je les connais. »

Il s'est levé et m'a invité à le suivre. On a marché vers le fond du parc.

« Maintenant, tu vas me raconter exactement comment ça s'est passé. »

La honte m'a envahi. Je n'avais plus envie d'y penser. Mais avais-je le choix ?

Alors j'ai tout déballé, sans reprendre mon souffle ni omettre aucun détail. Igor a écouté, très concentré, sans jamais m'interrompre.

« Bien », a-t-il conclu quand j'ai eu fini.

On s'est arrêtés.
Il m'a attiré à lui et serré contre sa poitrine.

« Je ne tolère pas qu'on touche à mes anges. »

Il tentait de contenir une rage pourtant perceptible.

« Allez, retournons voir les autres. »

Ana m'a fait une place en m'interrogeant du regard. Je lui ai fait signe que tout allait bien. Igor s'est éclipsé avant de revenir avec une caisse de champagne.

« À la vôtre, mes anges ! » lança-t-il alors que le premier bouchon fendait l'air.

Jeanne et Polly ont distribué des coupes. On a trinqué aux jours meilleurs et bu jusqu'aux premières lueurs de l'aube.

Juste avant qu'il aille se coucher, Igor s'est entretenu avec Anton, visage fermé. J'ai tendu l'oreille mais Igor parlait trop bas pour que je comprenne quoi que ce soit et je ne pouvais m'approcher davantage sans qu'il me remarque. Il a fait une pause. Anton s'est tourné vers moi et, voyant que je l'observais, a baissé aussitôt les yeux.

Igor m'a lui aussi jeté un coup d'œil mais, cette fois, c'est moi qui ai détourné le regard.

Ils sont rentrés.

Je suis allé me coucher.

30.

Les nuits qui suivirent ne furent qu'un long et même cauchemar.

Les deux hommes m'attiraient dans ma maison d'enfance. Ma mère en chemise de nuit m'y attendait avec le revolver de mon père pour me sauver, mais je ne pouvais pas l'approcher. Elle insistait mais ça m'était totalement impossible. Les mecs riaient et commençaient à se déshabiller. Je comprenais que mon père était mort et que je ne pouvais compter que sur moi-même.

Billie dansait avec Ana. Je les appelais mais aucun son ne sortait de ma bouche. J'étais pétrifié, paralysé, incapable de faire quoi que ce soit. Les types se rapprochaient de moi. Ils me frôlaient. Je sentais leur odeur âcre et masculine. Ma mère pleurait. Je ne pouvais pas bouger. Kalev commençait à embrasser les filles. J'avais envie de hurler.

L'un des mecs à poil s'approchait de ma mère puis la giflait. Elle s'écroulait sur le canapé, inerte. Le deuxième se mettait à me parler à quelques centimètres du nez. Il empestait le whisky et le cigare. Ses mots ne voulaient rien dire. Il braillait de plus en plus fort. Ça l'énervait que je ne réponde pas. Je crevais d'envie de lui en coller une mais mes bras pesaient des tonnes. Je réussissais péniblement à en lever un, avec une lenteur sidérante, et ça les faisait tous marrer.

Ma mère ne bougeait toujours pas. Kalev baisait Billie pendant qu'Ana les prenait en photo. José débarquait alors en trombe et projetait contre le mur celui qui avait cogné ma mère. Il rugissait ensuite comme un fauve et me portait jusqu'à elle. « Tout va bien », me chuchotait-elle. Je savais qu'il ne fallait pas que les autres l'entendent. Je pouvais à nouveau me mouvoir, alors je me blottissais contre elle. Je n'avais plus peur. La colère s'était envolée d'un seul coup. José tirait le deuxième type par les cheveux et le jetait dehors. Puis il s'allumait une clope en regardant Kalev s'affairer. « Pas mal », il disait en se retournant vers moi. Ana avait disparu. Puis Billie s'effaçait, et enfin Kalev et José.

C'est là que je m'apercevais que j'étais seul avec ma mère, morte, sur le canapé. Un filet de sang ruisselait depuis sa tempe jusqu'à mes doigts, poisseux et collés à elle. Je criais. Mais elle se volatilisait elle aussi, se dissolvait dans l'air. Je me retrouvais tout seul et sa voix résonnait d'outre-tombe. Elle m'intimait de partir, d'aller chercher de l'aide. « Mais qui ? » je hurlais. Le sol se mettait alors à trembler, les murs de la maison se fissuraient et le toit menaçait de s'effondrer. Je courais dehors et j'assistais impuissant à l'anéantissement de la demeure familiale. Il ne restait bientôt plus qu'un tas de poussière.

Alors je fondais en larmes.

Une main se posait sur mon épaule. Mon père, en état de décomposition, se tenait devant moi.

« C'est comme ça, fils, c'est comme ça. Tout est de ta faute. »

C'est là que je me réveillais.

Les jours étaient tous empreints de ces cauchemars et je ne trouvais d'apaisement nulle part, jamais.

Un matin, alors que j'errais sans but parmi des anges désœuvrés, camés ou ivres, attendant effrayé le retour du sommeil agité, où l'immonde démon viendrait me chercher, Igor fit irruption. Il portait un grand manteau noir et des gants de cuir.

« Habille-toi, Roman. Je t'emmène faire un tour. »

On a roulé sans un mot jusqu'en centre-ville. Il a garé la Jaguar devant un bar typique de la côte, pris le temps d'allumer calmement un cigare et on est entrés dans l'établissement.

C'était le début de l'après-midi. Il n'y avait personne à part une famille de touristes en terrasse sirotant des milk-shakes et des glaces gigantesques recouvertes de chantilly, de parasols en papier et de rondelles de fruits.

Une musique cubaine résonnait dans la salle vide. Les murs étaient recouverts de tissus africains et les dossiers des chaises de fausse peau de zèbre. Des statues de bois d'hommes noirs portant flambeaux et feuilles de palmier jalonnaient le chemin jusqu'au bar.

Trois garçons baraqués s'affairaient derrière le comptoir alors qu'il n'y avait rien à faire. Les barmaids étaient jolies et court vêtues. Des photos de Cuba et de Rio jouxtaient des portraits en noir et blanc de jazzmen et de boxeurs célèbres. Des niches abritaient des antiquités *made in China* de tribus aztèques et de peuplades d'Océanie.

Difficile de comprendre exactement l'inspiration du décorateur.

On a traversé la pièce principale. La lumière était incroyablement basse. Des animaux empaillés guettaient le client depuis des recoins sombres. Des fauves, un phacochère, un aigle sur une branche.

Tout au fond, dans un carré isolé, deux hommes nous attendaient. J'ai reconnu immédiatement Kalev. L'autre nous a priés de nous asseoir. Personne ne nous a présentés, mais j'ai compris rapidement qu'on était chez lui. Il avait les cheveux teints en noir et plaqués en arrière, une chemise blanche déboutonnée jusqu'au nombril, des bagues à chaque doigt, une énorme chaîne en or autour du cou et une incisive du même métal.

Il a entamé la conversation d'un coup sec, sur la météo et sur la fréquentation en baisse cette saison, « regarde, l'année dernière on faisait le plein à cette heure-là », il a fait en montrant la salle. Puis il a claqué des doigts et une serveuse s'est approchée.

« Lila, chérie, apporte-nous quatre rhums. Ma réserve personnelle. »

Il a embrayé sur le championnat du monde de boxe qu'il avait regardé la veille à la télé – « des tocards, des trop-payés. Ils n'ont plus la foi, tu comprends, la gloire ils n'en veulent plus, ils veulent le pognon, c'est tout. Triste époque. Rendez-nous LaMotta, Sugar et Marcel, putain ».

Lila est revenue sur la pointe des pieds, légère et discrète. Elle était d'une finesse incroyable, son visage doux et sa peau incroyablement lisse.

Elle a posé les verres en me souriant discrètement et s'en est allée.

On a savouré notre première gorgée. Kalev n'a pas dit un mot.

Je me demandais ce que je foutais là.

Un jeune couple est entré. Lila les a accueillis en leur tendant une grande carte. Ils se sont embrassés à peine installés.

Le patron a regardé sa montre.

« Messieurs », a-t-il dit en se levant.

On l'a suivi jusqu'au fond de la pièce. Il a ouvert une porte à digicode et on s'est engouffrés dans un long couloir de béton brut éclairé crûment par une série d'ampoules nues suspendues au plafond. On venait de pénétrer dans un autre monde. Cuba et Lila me semblaient déjà loin.

On a franchi un sas, puis descendu un escalier en colimaçon métallique. En bas, on a emprunté un autre couloir, ou plutôt un tunnel. Tout au bout, une dernière porte. Encore un code. Le patron a retroussé ses manches, Igor et Kalev ont retiré leurs vestes.

La pièce était minuscule et aveugle. Juste une table et quatre tabourets. Un minifrigo. Un portemanteau. Un téléphone.

Le boss nous a servi une rasade de rhum. On est passés dans la pièce attenante.

La musique était à fond et une vive lumière blanche m'a aveuglé. Il m'a fallu quelques secondes avant de m'habituer. Le rappeur braillait sur sa mère et l'Amérique avec toute la haine qu'il leur devait bien.

C'est là que je les ai vus. Les deux types. Les deux putains d'enfoirés qui avaient essayé de me serrer. Ils étaient attachés sur des chaises, la gueule tuméfiée. Trois costauds se tenaient devant eux. Ils se sont écartés et nous ont salués avec déférence. J'ai reconnu immédiatement le plus massif. C'était le Russe-Polonais qu'on avait étalé sur la voie ferrée, avec Rekkie. Il m'a remis, lui aussi, mais je n'ai lu aucun défi dans ses yeux. J'avais l'habitude. On l'avait mis K.-O., ça l'avait marqué. Il y avait cependant aussi autre chose. Comme une connivence étrange, comme si nous étions maintenant du même côté, dans la même équipe.

Sur la chaise, le petit a relevé le menton et m'a aperçu tout de suite. Il a essayé de bredouiller quelques mots mais n'a fait que cracher du sang. Le grand ne bougeait pas. Il avait du gaffer sur la bouche. Je me suis demandé s'il était mort.

Le patron s'est approché d'eux. Il a posé son visage à quelques centimètres de celui du petit.

« Ça y est ? Tu comprends où t'as déconné, sale petite merde ? »

Il s'est agité vainement, pris de panique.

Le patron lui a décoché un violent coup de poing dans le plexus, puis s'est acharné sur lui. Le grand s'est réveillé et a voulu crier mais on n'entendait rien à cause du scotch et du rap. Le psychopathe s'est occupé de lui aussi. Les gars de Kalev semblaient apprécier le travail bien fait.

« Ça suffit ! » a gueulé Kalev, au bout d'un moment.

Le mec s'est arrêté de taper dans les visages cramoisis. Il était essoufflé et en sueur, sa chemise maculée de rouge.

Un des balèzes a coupé le son.

« Les sales petites merdes, ils ont niqué ma chemise. »

Ils ne bougeaient plus. Seules quelques petites bulles s'échappant du nez du grand et les gémissements aigus du petit indiquaient qu'ils étaient encore vivants. On ne distinguait plus leurs traits, sous les hématomes et les boursouflures.

Igor s'est approché et leur a murmuré :

« Tu touches aux anges, tu vas en enfer. »

Il était tellement calme qu'on aurait pu le croire fou.

Kalev a échangé quelques mots avec ses hommes.

Un larbin a apporté des vêtements propres au patron, qui s'est changé dans la pièce aveugle, puis nous a raccompagnés à la surface.

La vie ne s'était pas arrêtée. Les amoureux étaient partis. Leurs coupes vides encore sur la table. Les touristes avaient été remplacés par une bande de jeunes mecs en débardeur et en tongs qui riaient fort. Ils taquinaient lourdement Lila et sa collègue, mais elles donnaient le change.

Le patron nous a serré la main.

On est partis.

J'étais habitué à la violence mais mon estomac me torturait et j'avais la nausée. Je me sentais malgré tout reconnaissant, comme un gosse dont le père prend la défense. Ça ne m'était jamais arrivé. J'avais toujours dû régler mes affaires moi-même.

Igor conduisait d'une main gantée en fumant de l'autre un Cohiba, comme un homme qui se rend à une partie de golf ou à un rendez-vous galant. C'était fascinant et terrifiant. Je ne savais plus à qui j'avais affaire.

Le ciel virait au gris, les oiseaux volaient bas. Un orage approchait.

« C'est ça, la "purification" ? » j'ai demandé timidement, comme un enfant.

Igor m'a toisé.

« Tu en sais des choses, dis-moi. »

Il a pris l'air dégagé.

« Non, Roman. La "purification", c'est bien pire que ça. »

La mer s'agitait, les plagistes s'empressaient de plier parasols et transats, les palmiers dansaient.

Il a accéléré et on a quitté le centre-ville. J'ai senti une goutte sur mon front.

D'autres sont tombées sur le pare-brise. J'ai remonté la vitre.

Et le déluge s'est abattu sur nous.

Cette nuit-là, les cauchemars ont disparu.

31.

Je n'ai rien dit. À personne.

La pluie est tombée sans discontinuer pendant plusieurs jours.

Nous avions l'interdiction d'Igor de quitter la propriété jusqu'à nouvel ordre, alors tout le monde essayait de passer le temps comme il le pouvait, mais cela se résumait surtout à se défoncer. On ne savait pas faire grand-chose d'autre, il faut bien l'avouer.

Un après-midi, alors que la tempête martelait l'immense porte-fenêtre du salon, sont apparues les premières tensions.

Tony et Kramer se sont pris la tête sur une connerie et ça a dégénéré. Il a fallu que Heinz et moi les séparions avant qu'ils en viennent aux mains.

Des insultes ont fusé, des représailles furent promises et des regards, noirs et électriques, échangés.

J'ai emmené Kramer dans la cuisine et Heinz s'est occupé de Tony.

Polly a lâché sa paille et s'est mise à pleurer. Zelda l'a serrée dans ses bras.

Billie s'est servi une rasade de gin en s'enfonçant dans le canapé.

L'atmosphère a changé en quelques secondes et j'ai compris que ce serait irrémédiable.

Triste et désabusé, j'ai ressenti une grande lassitude.

Un peu plus tard, Anton a débarqué et battu le raffut.

On est sortis de nos torpeurs et on s'est réunis dans la bibliothèque. Les rancœurs traînaient encore çà et là, et la mine de certains faisait peur à voir. Entre larmes, coke et nuits sans sommeil, nous perdions inévitablement de notre superbe.

Anton a pris la parole pour, sans surprise, nous informer que nous partions en mission le lendemain.

Il n'y eut ni question, ni geste impatient, ni regards de connivence. Juste un silence pesant.

Ce qui jadis nous excitait n'était plus qu'ennui et appréhension.

En début de soirée, les trombes d'eau ont cessé. Jeanne a proposé de faire un barbecue. Heinz s'y est collé et Münch a mis de la musique, mais le cœur n'y était pas.

On a bu. On a fini par rire. Un peu. Pour la forme. Mais l'air était lourd.

La terre imbibée recrachait des effluves ferreux. La lune est apparue entre les nuages. L'arrosage automatique s'est mis en route. Ça nous a fait sourire.

Ana m'a glissé qu'elle allait se coucher. Elle a posé un baiser dans mon cou et j'ai eu envie d'elle. Polly a roulé un joint.

J'ai suivi Ana.

32.

Au matin, le soleil est réapparu et la bonne humeur avec. Tony et Kramer se faisaient toujours un peu la gueule mais la nuit avait apaisé sensiblement les tensions et calmé la discorde.

La femme de ménage, inhabituellement affable et bavarde, nous avait préparé un petit-déjeuner de rois.

On s'est installés sur la terrasse. La table débordait de viennoiseries. On s'est servi de grands verres de jus de fruits, des bols de café fumant. Tout était exquis. La femme de ménage nous couvait de son regard bienveillant, torchon sur l'épaule et tablier tendu sur le ventre. On l'a chaleureusement remerciée. Elle est repartie vers le salon en sautillant pour finir son travail.

« Elle, elle a baisé cette nuit », a fini par lâcher Billie.

On a éclaté de rire et je me suis dit que c'était reparti pour un tour, que la vie était étrangement désarmante.

Polly a sorti un sachet de coke, Münch envoyé un remix électro d'une chanson de Joy Division et le rhum a remplacé le thé.

On a tous plongé dans la piscine et les filles sont montées sur les épaules des garçons pour de grandes et bruyantes joutes.

Ana bataillait ferme contre Zelda, mais nous vacillions dangereusement et, malgré tous mes efforts pour rester stable, j'ai glissé sur le liner et chuté lourdement en arrière.

On a repris nos esprits, accoudés à la margelle, et j'ai embrassé Ana. Mais il y avait quelque chose de différent, d'étrange. J'ai reculé mon visage et constaté qu'elle saignait du nez. On en avait partout.

On est sortis de l'eau et j'ai compressé immédiatement sa narine. Je lui ai conseillé de lever le bras, lui expliquant que c'était comme ça qu'on faisait à la boxe. Elle s'est foutue de ma gueule.

Je lui ai aussi fait remarquer qu'elle devrait peut-être freiner, s'enfiler un peu moins de merde dans le nez. Elle l'a mal pris et m'a recommandé de m'occuper de mes affaires. J'ai insisté. Elle s'est raidie en me rappelant que je n'étais pas son père, puis elle a rejoint Kramer et lui a demandé une ligne. Il a guetté mon consentement. Je n'ai pas cillé. Il la lui a tracée avant de s'en envoyer une.

Des arabesques rouge sang ondulaient encore à la surface de l'eau. J'ai trouvé ça beau, alors je les ai regardées lentement se diluer puis disparaître totalement.

Le soleil allait passer derrière les ifs quand Anton nous a réunis dans le salon.

La mission s'annonçait complexe.

Une grande villa, beaucoup d'œuvres à récupérer. Organisation compliquée. On partait tous.

La préparation n'avait pas pu se faire dans les conditions optimales, pour diverses raisons, mais nous devions agir maintenant. Nous n'avions pas le choix. Il allait donc falloir redoubler de discrétion et d'attention. Anton s'est tourné vers Heinz en exigeant qu'il prenne toutes les précautions. Il a insisté sur ce dernier mot. Heinz a hoché la tête solennellement.

Anton a ensuite distribué les rôles. Cette fois, j'entrais. La boule dans mon ventre a semblé s'ouvrir, comme un bulbe, et j'ai senti ses racines croître en moi.

J'étais dans l'équipe de Heinz, avec Billie. Ana dans celle de Münch et Kramer. Jeanne, Polly et Tony formeraient la troisième et dernière.

Elias et Zelda resteraient dehors.

À 1 heure du matin, Anton a donné le signal.

On s'est installés, tout de noir vêtus, dans les véhicules qui nous avaient été attribués.

La tension était palpable. Tout le monde était concentré. Anton et Heinz ont dicté les consignes. Kramer a démarré la Triumph et le convoi s'est engagé sur la colline.

On s'est garés dans un chemin qui longeait une haute haie de thuyas surplombant un mur de briques.

Heinz s'est accroupi. Il a enfilé son masque. On a fait de même avant de marcher en file indienne jusqu'à l'angle du mur. Les conifères ne se joignaient pas à cet endroit. Münch s'est hissé tout en haut et, avec un sécateur, a cisaillé les branches principales. Il a inspecté l'autre côté puis s'y est jeté. On a suivi.

C'était une véritable forêt, dense et touffue, aux troncs serrés. Le noir était presque total. On progressait difficilement. On se cognait, on s'éraflait, on trébuchait.

On a fini par déboucher sur une petite clairière bordée de tilleuls et c'est à ce moment-là que j'ai réalisé qu'on était chez la Princessa et Escobar.

Je n'en revenais pas.

Igor s'était servi de la soirée pour s'offrir un repérage de luxe.

Tout faisait sens.

Je le revoyais parader devant les invités envoûtés, ensorceler la Princessa, boire du champagne et, pendant tout ce temps, il travaillait, photographiait mentalement chaque pièce, chaque œuvre, chaque issue.

Heinz nous a fait signe de nous arrêter, avant de s'élancer en courant vers la villa. Münch lui a emboîté le pas et on s'est tous retrouvés sous une fenêtre donnant sur le salon principal. Tony a posé ses mains sur son chambranle et, en une fraction de seconde, a réussi à l'ouvrir. On s'est rués à l'intérieur. Heinz a dispatché les équipes.

Les ordres étaient simples et concis. On s'est dispersés.

Billie et moi portions chacun deux sacs et Heinz ouvrait la voie. Dans la première pièce, on a récupéré quatre petites sculptures en bronze. Dans la deuxième, des bijoux planqués dans un coffre que Heinz n'eut aucun mal à forcer.

On est ensuite montés dans les étages en courant.

Polly et Jeanne s'affairaient près d'un grand format de Peter Doig. Heinz a demandé si tout allait bien. Tony a levé le pouce.

On a continué.

Plus loin, Billie a décroché deux toiles, dont j'ai découpé les bords, pour les ranger dans l'un des sacs. Tout se déroulait à merveille.

On est redescendus et Heinz est entré dans le petit salon où j'avais suivi les deux hommes.

J'ai eu soudain très froid.

Et l'intime conviction qu'il ne fallait pas y retourner.

J'étais figé sur place. Impossible de passer le seuil.

Je n'avais jamais ressenti ça auparavant.

Heinz a compris. Il m'a signifié que je pouvais rester sur le palier si je préférais.

Je ne voulais pas de traitement de faveur ni les ralentir, et encore moins faire foirer la mission. Mais je voulais surtout exorciser aussi vite que possible ce sale souvenir, le dominer, l'anéantir.

Alors j'ai pris sur moi et j'ai continué ma besogne avec l'étrange impression que quelque chose de grave allait advenir.

La plante dans mon ventre a éclos et déployé ses branches.

J'ai essayé de me concentrer sur la tâche à accomplir pour ne pas perdre pied, mais l'angoisse ne faisait que monter, créant dans ma tête un maelström apocalyptique.

Je voulais en terminer au plus vite, déguerpir dès que possible.

C'est au moment où j'allais déposer la dernière sculpture dans le sac que la porte a claqué avec violence. Deux types sont entrés en trombe en beuglant. L'instinct a pris le dessus. Je me suis immédiatement jeté à couvert derrière un des fauteuils club.

Billie s'est réfugiée de l'autre côté du bureau, tandis que Heinz est resté immobile, pétrifié, d'interminables secondes, avant de sauter derrière le bar.

Le premier mec lui a ordonné de sortir de là.

J'ai jeté un œil et vu qu'ils étaient armés de pistolets automatiques qu'ils tenaient à bout de bras.

Le premier visait le bar, le deuxième balayait la pièce nerveusement, à l'affût.

Heinz ne bougeait pas. J'étais à moins de deux mètres de lui. Je le voyais très bien. Il respirait vite.

Moi je n'avais qu'une envie, c'était de m'enfuir.

Heinz a sorti de son blouson le Beretta.

J'ai ouvert de grands yeux en lui faisant non de la tête.

Le type a gueulé plus fort.

Heinz a jailli brusquement et avant même qu'il ait le temps de tirer, une balle lui a explosé l'épaule gauche.

Il s'est affalé contre moi.

Les deux assaillants, encore plus menaçants, nous ont sommé de sortir de nos planques les mains bien en évidence. Je les entendais se rapprocher.

Billie s'est mise à suffoquer, Heinz se tordait de douleur.

J'ai pris le pistolet et, sans réfléchir, j'ai bondi pardessus le fauteuil. Les mecs m'ont paru étonnamment près.

Celui du fond a hurlé à l'autre de me shooter. Le plus proche a pointé son arme sur moi.

J'ai sauté sur le côté.

J'ai fermé les yeux.

J'ai appuyé sur la détente.

Je me suis fracassé contre la table basse.

Et tout est allé encore plus vite.

Le premier type est tombé et l'autre m'a mis en joue. J'avais perdu l'arme et mon masque dans la chute, alors je me suis dit que cette fois c'était fini.

Billie s'est relevée, hystérique. L'attention du gars s'est portée un quart de seconde sur elle, me laissant juste ce qu'il fallait de temps pour me ruer sur lui. Il a tiré, mais je n'ai rien ressenti.

On s'est retrouvés au sol. Il a encore tiré. Mon oreille gauche s'est mise à bourdonner et à me faire très mal.

Je lui ai balancé une droite puissante en plein visage, puis une autre.

Il a lâché son flingue pour m'étrangler. Il avait une sacrée poigne. J'ai cogné fort et lourd, mais le mec a serré encore plus. Je peinais à respirer et ma carotide me faisait un mal de chien. J'ai pensé qu'il devait souffrir encore plus que moi, alors j'ai tenu bon et j'y suis allé avec le coude pour en terminer au plus vite. Billie n'arrêtait pas de s'époumoner.

J'ai entendu des bruits dans le couloir. J'ai levé les yeux et j'ai vu débarquer les autres, affolés. En une fraction de seconde, Münch a passé une cordelette autour du cou de l'homme et l'a projeté en arrière. Il s'est retrouvé sur les fesses avec la nuque du type sur son entrejambe.

L'homme a lâché mon cou et s'est agrippé à la lanière qui le privait d'air et lui cisaillait la pomme d'Adam. J'ai repris mes esprits comme j'ai pu, toussant et suffoquant à quatre pattes. Le type gargouillait des mots incompréhensibles.

J'ai montré Heinz à Tony et Kramer qui sont allés s'occuper de lui.

Jeanne a rejoint Billie qui s'est effondrée, à bout de nerfs.

Je me suis péniblement remis debout et je suis retourné vers Münch qui se relevait lui aussi, le corps inerte de l'homme maintenant silencieux gisant à ses pieds.

J'ai aperçu l'autre mec qui baignait dans son sang et j'ai eu à nouveau très froid.

Ana m'a pris dans ses bras.

« Oh, mon Dieu, Roman », a-t-elle sanglоté.

C'est à ce moment-là que j'ai vraiment réalisé ce qu'il venait de se produire.

Kramer a pris les choses en main et dit très calmement que c'était clean en bas, mais qu'il fallait filer au plus vite.

J'étais abasourdi, perdu. J'ai senti Ana me pousser dans le couloir. J'avais mal à l'oreille et je n'entendais plus rien du côté gauche, juste un sifflement continu et haut perché.

Ma tête tournait et j'ai failli tomber en descendant les escaliers, rattrapé in extremis par Tony. Je me suis laissé guider jusqu'à la voiture dans laquelle je me suis affalé, déboussolé et choqué, sur la banquette arrière.

Heinz gémissait à côté de moi. Il perdait beaucoup de sang. J'aurais aimé pouvoir l'aider mais je me sentais impuissant.

Elias fonçait à vive allure sur la voie rapide, collant dangereusement la moto de Kramer.

J'ai pensé à Ana et vérifié qu'elle nous suivait bien.

À cet instant précis, elle était la seule et unique bouée m'empêchant de sombrer.

Anton s'est précipité à notre rencontre en nous entendant arriver dans la cour de la villa.

Je me suis extrait tant bien que mal du véhicule, comme dans un cauchemar, au ralenti. Il s'est décomposé en voyant mon état.

« Qu'est-ce qu'il s'est passé ? »

Elias a ouvert la portière de Heinz.

« Bordel de merde… »

Il s'est adressé à Kramer :

« La marchandise ?
– Tout est là.
– Bien. On va s'occuper de toi, Heinz. »

Anton a sorti son téléphone. Il s'est éloigné pour revenir aussitôt et nous a demandé d'emmener Heinz dans le salon. Quelqu'un était déjà en route pour s'occuper de lui.

Tony et Kramer s'en sont chargés. Les filles ont suivi.

Münch me dévisageait.

« Tu l'as tué ? ai-je demandé.
– Je crois pas. »

Il a eu l'air désolé pour moi et ça m'a rendu affreusement triste. Il m'a enlacé. J'ai pleuré en silence sur son épaule.

33.

Un petit homme chauve à lunettes rondes est arrivé, tirant deux valises à roulettes.

Il s'est assis à côté de Heinz tout en préparant son matériel. Il nous a ensuite enjoints calmement de nous éloigner.

On était sous le choc, perdus. On ne savait pas quoi faire. On tournait en rond, on se cherchait du regard.

La plante à l'intérieur de moi s'est développée plus encore pour m'envahir totalement. J'avais du mal à respirer.

J'avais du mal à réfléchir.

J'avais du mal à tenir debout.

J'espérais de tout mon cœur que le type respirait encore, que je ne l'avais pas tué. Je tentais de me persuader que tout n'était pas si grave mais des flashs violents me ramenaient immédiatement à la réalité, des vagues monstrueuses, soudaines et puissantes balayant tout espoir sur leur passage.

Heinz a gueulé.

Le docteur avait extrait la balle.

Il l'a posée dans un haricot de métal avant de recoudre l'incision et de lui faire un énorme pansement. Ensuite, il a indiqué à Jeanne et Tony les consignes pour les soins en rangeant minutieusement ses instruments.

Anton lui a remis une enveloppe que le médecin a glissée dans sa poche intérieure.

Ils se sont serré la main et le docteur est parti sans un mot.

On a allongé Heinz dans le canapé et les antidouleurs ont commencé à faire effet. Il gémissait moins.

On était tous en cercle autour de lui.

Anton a pris la parole.

Il était d'une sérénité ahurissante, l'esprit clair et ordonné.

Il nous a priés de nous changer et d'attendre Igor, qui n'allait pas tarder. Il nous dirait que faire.

Il a ensuite confié une tâche à chacun en attendant et on a tous vaqué.

J'étais chargé de réunir les vêtements et de les emporter à la laverie, dans la dépendance.

Heinz avait réussi à s'assoupir, gavé de morphine. Je l'enviais, malgré son épaule bandée. J'aurais tellement voulu m'endormir, moi aussi, pouvoir mettre le monde en pause ne serait-ce qu'une minute, souffler, me sentir un peu moins mal. Pour cette simple minute, j'aurais tout donné. Tout.

Ana m'a accompagné. On a déposé le linge dans la grosse lessiveuse et je l'ai prise dans mes bras. La lumière a vacillé.

C'est là que j'ai eu l'idée.

« On s'en va », j'ai juste dit.

Elle a reculé, m'a fixé, interdite.

« Viens, on s'en va.
– C'est impossible !
– Il n'y a pas d'autre solution.
– Et pour aller où ?
– Vers le sud, vers la côte sauvage, je ne sais pas. Où tu voudras. Mais il faut qu'on s'en aille. Et vite. »

Elle a réfléchi. J'ai poursuivi.

« J'ai buté ce mec, Ana. Tu crois qu'Igor va laisser passer ça ? Je vais être recherché. Par les flics, par le milieu, par tout le monde. Et si les uns ou les autres me chopent, ils n'auront aucun mal à faire le lien avec Igor. Tu sais comme moi que c'est une option qui n'existe pas pour un homme comme lui. Après, au mieux, je vais aller en taule. Et vous, vous allez devenir quoi ? La villa, les missions, la belle vie, c'est fini, tout ça, putain, réveille-toi ! »

J'ai haussé le ton sans le vouloir. Ana a craqué. Elle a fondu en larmes, le visage contre mon torse. Ça m'a paradoxalement donné du courage. Je n'avais plus le droit de faiblir. Il fallait que je prenne les choses en main.

« Igor ne doit plus être loin. Il faut se dépêcher. Ana. S'il te plaît. »

Elle était belle, dans sa fragilité avouée.

« On pourrait peut-être simplement lui expliquer ? C'est pas de ta faute. Ils allaient nous tuer, ou nous livrer aux flics. Et puis tu dis toi-même que tu as tiré au hasard, sans viser. C'est un accident, Roman. Un accident. Il comprendra.

– Le deuxième type m'a vu. Münch affirme qu'il n'est pas mort. Ils vont remonter jusqu'à nous. Igor le sait. Igor sait tout. Même s'il réussit à arranger les choses de son côté, il ne pourra jamais pardonner ma connerie. Ne serait-ce que pour l'exemple. Et parce que j'aurai ruiné son business. Je vais avoir droit à la "purification". Ou pire. Et ça, je ne peux pas, Ana, je ne peux pas… »

Elle s'est ressaisie. J'ai répété :

« Viens, je t'en supplie. »

Elle a soupiré, puis a fini par acquiescer.

Mon cœur a bondi. Je l'ai tirée par le bras et on a couru jusqu'à la chambre.

Là, on a empaqueté toutes nos affaires. J'ai attrapé ma boussole, sur la table de nuit, et je l'ai implorée en silence de me montrer le chemin. Ana a déclaré « O.K., je suis prête », alors j'ai pris les sacs, le fric et on est redescendus.

En traversant le salon, je me suis arrêté une seconde devant Heinz, paisiblement endormi sous une couverture en fourrure. Quelqu'un avait tamisé la lumière. L'atmosphère était douce et silencieuse. À mille lieues du chaos qui m'habitait. J'ai murmuré « Salut, mon pote » et ça m'a pincé le cœur.

En arrivant à la porte d'entrée, on est tombés nez à nez avec Billie, Münch et Kramer qui venaient veiller sur lui. Ils ont tout de suite compris. Billie a mis la main sur sa bouche, Kramer a eu un mouvement de recul et Münch basculé la tête en arrière de dépit.

Personne n'a rien dit.

On s'est juste serrés très fort.

Billie s'est mise à pleurer, Kramer l'a réconfortée.

On s'est regardés une dernière fois.

Dans mes yeux il y avait des mercis, des adieux, des images éternelles, dans mes yeux il y avait ce message pour les autres, Polly, Jeanne, Zelda, Tony, Elias, Heinz et Anton, mes frères d'armes, mes frères tout court, ce message qui leur disait au revoir, ne vous inquiétez pas pour nous, prenez soin de vous, je ne vous oublierai jamais, dans mes yeux il y avait tout ce que j'aurais encore aimé vivre avec eux, tout ce bonheur qu'on avait eu et qui nous avait filé entre les doigts, encore une fois, dans mes yeux il y avait les souvenirs, déjà, et le manque à venir, dans mes yeux il y avait toutes ces choses et tant d'autres, indicibles et secrètes, et l'intime conviction qu'ils les voyaient et nous comprenaient.

Münch a articulé un « O.K. » muet.

On est partis sans se retourner.

À la grille du portail, j'ai murmuré à Ana :

« Viens, je sais où aller. »

34.

Ça fait deux ans aujourd'hui que je suis au foyer. Zoé m'a envoyé une carte pour l'occasion. Elle m'écrit qu'elle pense à moi, qu'elle sait que je suis fort, que je vais devenir un homme bien, un homme bon. Elle promet de venir me voir bientôt. La carte représente un paysage de bord de mer. Une plage avec des palmiers et un soleil couchant. Il y a deux silhouettes de dos, assises sur le sable, qui contemplent l'horizon.

Le mien n'est fait que de béton et de tristesse. Zoé est partie il y a presque un an dans une autre ville. Mon père, lui, végète en prison. On m'a proposé quelquefois de lui rendre visite mais je n'en ai pas encore trouvé le courage. Je ne l'ai pas revu depuis le tribunal. Lors de l'audience, on m'a demandé de raconter en détail ma vie avec lui, devant tous ces gens, le juge, les jurés, les avocats, le public. Les soirées, l'alcool, les coups, la terreur, ma mère. Ils me regardaient tous avec compassion.

J'ai tout révélé. Pour ma mère.

Dans son box, mon père a baissé les yeux tout du long. J'avais le cœur déchiré. Je lui en voulais terriblement, définitivement, effroyablement, et dans le même temps, j'avais pitié de lui, et de l'amour insoupçonné qui jaillissait par instants. C'était intenable. Alors je lui en voulais encore plus. D'avoir tué ma mère, d'avoir brisé le peu qu'on avait, de nous avoir conduits à cette situation, à cette épreuve qu'un enfant ne devrait jamais connaître.

J'ai dit la vérité, toute la vérité, rien que la vérité et à mesure que ma parole se libérait, je prenais conscience du monstre qu'il était. Mais pire encore, je devenais le fils d'un monstre.

Ils l'ont emmené, il m'a ignoré. J'ai pleuré.

Et la longue pénitence a commencé.

Je range la carte et je prépare mon sac. Un bus m'emmène à la salle tous les jours à 18 heures. J'ai commencé la boxe quelques semaines après avoir débarqué ici, quand j'ai vite compris que, dans un tel endroit, les mots étaient bien faibles face aux coups. Alors j'ai appris à me défendre. Je n'ai pas eu le choix.

Dès les premiers entraînements, je me suis senti plus solide, plus sûr de moi.

J'ai progressé rapidement et les coachs affirment que je suis doué. Je n'ai rien d'autre, alors j'y mets toute mon énergie.

L'école m'a définitivement largué, les profs ont renoncé. Chaque jour, je fais de la figuration. On a passé un accord : je me tiens à carreau et personne ne m'emmerde. J'ai des circonstances atténuantes.

Le proviseur m'a soutenu au début, la prof de français aussi. Ils prenaient soin de moi, mais je me suis appliqué à détruire ce qu'ils bâtissaient, à trahir leur confiance, à réduire en cendres leurs espoirs. Je suis un cas désespéré, c'est mon rôle désormais et je le tiens à la perfection.

Chaque soir pourtant, je renais quand mes poings s'enfoncent dans le cuir puant.

J'ai ma place, j'ai mon rang, on commence à me respecter. Les éducateurs sportifs s'occupent bien de moi, les caïds me saluent, y vont de leurs conseils, il y a beaucoup de bienveillance chez ces brutes.

J'ai effectué mon premier combat quelques mois seulement après mon inscription. Ce jour-là, j'ai repensé à mon père, au tournoi de judo, et je me suis senti soulagé de n'avoir personne en tribune.

Quand le gong a retenti, je suis devenu un animal. Je n'ai laissé aucune chance à mon adversaire. Je lui ai infligé trois rounds de calvaire. Il jetait des coups d'œil furtifs dans les tribunes et j'ai repéré le sien, de père, debout et écarlate, l'encourageant malgré tout.

J'ai eu pitié d'eux. J'ai eu pitié de moi. Alors j'ai fini le travail au plus vite en l'envoyant au tapis.

Les spectateurs ont applaudi, certains se sont mis debout. Une putain d'ovation. Bruno, mon entraîneur, m'a donné l'accolade.

« Bravo, petit, t'as fait ce qu'il fallait, je suis fier de toi ! »

L'arbitre a brandi mon gant et crié mon nom. J'étais fou de joie.

Bruno avait l'air touché. Ses yeux brillaient. Lui, la montagne, l'ours, le Viking.

Alors, pour la première fois depuis très longtemps, j'ai souri.

Quand je rentre, je me rue généralement sur la nourriture que le cuistot m'a planquée dans un placard au fond du réfectoire. Les autres ne m'attendent jamais. Ils ne me laissent pas une miette. C'est chacun pour soi. L'amitié a ses limites ici.

Ensuite, je suis tellement lessivé que je me couche direct. Ça sent un peu la salle de boxe quand je range mes affaires et ça me rassure. J'emporte chaque soir un peu de chez moi dans ma prison.

Un jour je serai un grand boxeur, un jour je serai champion du monde et personne ne lèvera plus la main sur moi. Jamais.

Mes nuits sont les mêmes depuis cet automne d'il y a deux ans.

Des gyrophares, des adultes, du sang, mon père emmené par deux géants et ma mère allongée, inerte. Jamais je ne la rêve vivante.

Chaque jour, je me réveille triste et fatigué, mais je n'en montre jamais rien. C'est comme ça ici, si tu veux te faire respecter et ne pas tomber en enfer.

Ce matin, au premier œil ouvert, je m'empresse d'admirer la carte de Zoé.

Je suis fasciné par ces silhouettes collées l'une à l'autre. Qui sont ces gens ?

D'où viennent-ils ? Où vont-ils ? Que se racontent-ils ? Ont-ils connu les mêmes drames que moi ? Peut-on devenir une ombre sur une carte postale quand on grandit dans ce genre d'endroit, sans père, sans mère, sans amour ? A-t-on droit au même bonheur que les autres ?

La mer semble calme et le soleil rouge encore chaud et apaisant. J'en arrive à sentir le sable, la crème solaire et les parfums de bord de mer.

À l'horizon, j'imagine des terres inconnues, fertiles et accueillantes, vierges et protectrices.

À l'horizon, l'Amérique, l'Afrique ou l'Asie, peu importe.

À l'horizon, il y a l'ailleurs, il y a les jours nouveaux, il y a le bonheur.

Je range la carte précieusement et je me dirige vers le bureau du directeur.

« Bonjour, monsieur.

– Bonjour, Roman, comment vas-tu ce matin ?

– J'aimerais déposer une demande pour rendre visite à mon père. »

Il sourit très légèrement.

Je signe et rejoins mes camarades dans la cour.

Aujourd'hui, il fait beau et le vent est doux.

35.

J'ai tambouriné aux volets. Je n'arrivais pas à retrouver le bout de carton. J'en devenais dingue. Je me maudissais à voix haute. Je perdais totalement mon sang-froid.

« C'est moi, c'est Roman. »

Ana me regardait avec dépit. Elle ignorait où nous nous trouvions et, visiblement, ce n'était pas le bon endroit.

J'allais renoncer quand la porte d'entrée s'est ouverte. J'ai sursauté. Rekkie a passé la tête.

« Qu'est-ce que tu fous là ? À cette heure ?
– Je suis dans la merde, j'ai besoin d'aide. »

On est entrés. Le salon était toujours aussi bordéliquement beau. Mâchoires serrées, Ana a baissé les yeux en passant devant Rekkie. Les guirlandes scintillaient sur son visage. Je la trouvais belle. J'ai déposé un baiser sur sa joue.

« Ici on ne craint rien », j'ai chuchoté à son oreille.

J'ai raconté toute notre histoire à Rekkie, en commençant par ma découverte de son passage parmi les anges. Il a écouté, attentif, sans dire un mot.

Quand j'ai eu terminé, il a soupiré et, après un long silence, il a dit qu'il allait nous aider.

Il s'est isolé dans le couloir pour passer quelques coups de téléphone dans une langue que je ne comprenais pas, puis il est revenu s'asseoir à côté de nous, la mine rassurante, me faisant signe que tout allait bien. J'ai soufflé un peu.

Tout de suite après, il a demandé des nouvelles de Heinz, de Kramer et de Polly. Ça me faisait bizarre de l'entendre prononcer ces noms, d'imaginer sa vie avec eux, avant moi. Ana l'observait encore avec défiance, mais elle a tout de même fini par lui répondre, évoquant avec tendresse et regret ceux qu'on venait de laisser et qui me semblaient déjà tellement loin. Il a ensuite posé plein de questions et, peu à peu, Ana s'est faite plus loquace.

Ça nous ramenait tous en arrière, aux jours insouciants où nous étions des anges. On a bu quelques bières et on ne voulait pas reprendre le cours de nos existences, alors on a parlé sans s'arrêter. Des chansons de Zelda, d'Anton et de son téléphone, des histoires de Billie, des joints de Kramer, des mix de Münch, des barbecues, du *Squat*, des étés sans fin.

Il y avait à nouveau de la connivence entre Ana et Rekkie. On repartait de zéro et j'en étais ravi.

Il y a eu finalement un silence qui s'est prolongé juste un peu trop pour que l'un d'entre nous se hasarde à reprendre la parole et à poursuivre la conversation. Alors on s'est tus et chacun a fixé ses pieds, en attendant qu'un autre nous rebranche sur le présent.

« Bon, il est trop tard pour faire quoi ce soit maintenant, a déclaré Rekkie. Il faut attendre demain matin. Mais ici vous êtes en sécurité. Vous n'avez qu'à prendre mon lit, je passerai la nuit sur le canapé. »

On a refusé poliment. Il a insisté.

On a fait comme ça.

Ana s'est blottie contre moi.

« J'ai peur », a-t-elle murmuré juste avant de s'endormir.

Je n'ai pas su quoi répondre. J'ai fermé les yeux.

Et j'ai vu cette plage sur la carte postale. Ces deux silhouettes. Mais cette fois, j'étais plus proche. Je distinguais leurs dos, leurs cheveux, leurs corps. Ils bougeaient, j'entendais leurs voix. J'étais à quelques mètres d'eux. Je les reconnaissais.

La fille avait les cheveux courts et décolorés, un Polaroid autour du cou. Le garçon, un physique de boxeur. Ils se tenaient la main et scrutaient l'horizon.

Ana dormait encore quand je me suis réveillé, trois heures plus tard, avec le sentiment de ne pas avoir fermé l'œil.

Dans le soleil du matin, la maison avait une tout autre allure. De la poussière virevoltait dans un rai de lumière. Ça sentait l'encaustique et le tabac froid. Le sofa était vide et retapé.

J'ai bu au robinet de la cuisine puis j'ai ouvert les placards, mais je n'ai rien trouvé à manger. Dans le frigo, le choix se limitait à des bières, de la vodka ou des steaks hachés industriels. Je l'ai refermé en soupirant.

Je me suis assis et, sur la table, j'ai remarqué une feuille, pliée en deux.

C'était un mot de Rekkie nous informant qu'il revenait bientôt, qu'on avait intérêt à faire comme chez nous, qu'il s'occupait de tout.

En guise de signature, il avait dessiné un ange.

36.

Ana faisait les cent pas dans le salon.

Enfoncé dans le divan, je lançais machinalement des boulettes de papier dans une poubelle de table pour tromper mon inquiétude et calmer mon impatience.

« Qu'est-ce qu'il fout ? s'impatienta-t-elle.

– Il ne va pas tarder », répondis-je laconiquement.

Dehors, la lumière commençait à faiblir. Les premières feuilles mortes tombaient des arbres et formaient sur le sol un tapis clairsemé, ambre et craquant, contrastant avec l'épais gazon encore vert. L'automne nous donnait de ses nouvelles.

J'ai mis un vinyle de Nick Cave et sa voix a résonné, grave et solennelle.

Ana s'est mise à marcher en cadence, ses Doc frappant le sol en rythme.

La porte s'est ouverte. Rekkie est réapparu.

Il est venu s'asseoir à côté de moi en allumant calmement une cigarette, puis il nous a annoncé qu'il avait tout géré, qu'on aurait d'ici peu une voiture à disposition et qu'on pourrait bientôt partir.

Ana s'est immobilisée. Le disque est devenu muet. Rekkie a continué.

En revanche, ça sentait mauvais pour nous. Igor, Kalev et les autres associés étaient à notre recherche. Les minutes étaient comptées. Ils n'allaient pas mettre des lustres à remonter jusqu'à lui. Pour l'instant, personne ne savait qu'il squattait cette baraque, mais avec des types comme eux, rien ne restait secret longtemps.

Il m'a ensuite tendu le journal régional qui faisait sa une sur notre cambriolage et sur le mec que j'avais abattu.

L'autre homme en avait réchappé. J'étais soulagé pour Münch mais je savais que l'étau se resserrait déjà autour d'Igor et des anges. Je me demandais comment ça se passait, là-bas, à la villa et ce qu'ils allaient tous devenir.

J'avais bien foutu la merde.

Rekkie m'a prié de ne pas lui dire où on comptait aller. Au cas où.

Je me rendais parfaitement compte des risques que je lui faisais prendre, mais il était notre seule issue, notre unique passeport pour l'exil.

Ana a posé trois bières sur la table. On a trinqué et j'ai remercié Rekkie du fond du cœur.

Malgré mon insistance, il a refusé l'argent que je lui ai proposé, et décrété que, maintenant, on était quittes.

J'ai repensé au tunnel. Et j'ai acquiescé.

« C'est quoi ton vrai prénom ? me suis-je enquis.
– Aðalmundur. »

Il a bu une gorgée.

« Tu comprends pourquoi tout le monde m'appelle Rekkie. »

Il s'est levé pour mettre un vinyle de The National. J'ai pris Ana dans mes bras, et on s'est lentement balancés au rythme de la chanson. Un slow mystique et désincarné, une dernière danse maladroite au pays des anges. Je l'ai serrée fort. Les images défilaient dans ma tête et j'en voulais à Igor. Je lui en voulais de nous avoir fourrés dans ces histoires, de nous avoir attirés dans ce traquenard. Je lui en voulais de m'avoir laissé tomber. Je lui en voulais parce qu'il allait s'en sortir.

Rekkie s'est mis à danser aussi, tout seul, sa bouteille de bière à la main.

Il fermait les yeux.

La chanson s'est terminée en *fade*, l'instant dissous dans le silence.

Je suis allé chercher nos sacs et j'ai tendu la boussole à Rekkie.

« Tiens, je te la rends. Comme ça, on sera vraiment quittes. »

Il m'a dévisagé longuement.

« Garde-la. Ça me fait plaisir de savoir que tu emportes un souvenir de moi. Fais confiance à cette boussole, et tu trouveras toujours ton chemin. »

Je l'ai retournée et j'ai compris que c'était ce que signifiait l'inscription au dos.

Du fond du jardin, nous sont parvenus des sons de moteurs, puis de pneus sur le gravier.

On s'est postés à la fenêtre, cachés derrière les rideaux. Deux voitures avançaient dans la cour.

Ana s'est collée à moi.

« Dis-moi que c'est notre bagnole, dis-moi que c'est notre bagnole… »

Elle répétait cette phrase en boucle, comme un mantra.

Il y a eu un coup de klaxon et deux appels de phares.

« C'est bon, c'est mes gars », a lancé Rekkie.

J'ai senti l'étreinte d'Ana se desserrer.

Deux hommes sont descendus des voitures. Rekkie est allé à leur rencontre. Ils ont échangé quelques mots en regardant dans notre direction, puis il leur a tapé sur l'épaule.

Les deux types sont repartis dans la même caisse, nous laissant la deuxième.

Rekkie a grimpé les marches du perron quatre à quatre.

« Je crois qu'on y est », il a déclaré en rentrant.

Ana a soupiré, enfilé sa veste, j'ai pris les sacs et j'ai fait oui de la tête.

On a mis les affaires dans le coffre. Rekkie nous a enlacés tous les deux en même temps.

« Merci », j'ai juste dit.

Il s'est reculé un peu.

« Passez prendre une bière à l'occasion », il a répondu en souriant.

On est montés. J'ai mis le contact. Mon cœur battait fort. J'ai prié pour qu'il ne lui arrive rien.

Il a fermé ma portière et nous a regardés nous éloigner.

J'ai posé la boussole sur le tableau de bord. L'aiguille s'est agitée dans tous les sens avant de se stabiliser.

« On va où ? » j'ai demandé à Ana.

Elle m'a montré l'ouest.

Alors commença le voyage.

37.

La bretelle d'autoroute surplombait la ville. De là, on apercevait le boulevard longeant la mer, longue courbe hypnotique bordée de réverbères.

Un peu plus loin, le Carré Rouge, scintillant, et encore au-delà, la lueur du *Squat* rayonnant au sommet de la colline. C'est une partie de moi que je laissais là, une parenthèse heureuse et éphémère. Mais je n'avais plus le choix.

J'ai allumé la radio. L'animateur a annoncé une chanson de Neil Young. Je me suis lancé sur la voie de gauche et j'ai accéléré.

Je n'avais pas sommeil, alors j'ai roulé un bon moment sans m'arrêter. Ana a fini par s'endormir. J'ai attrapé mon blouson sur la banquette arrière et je l'ai posé délicatement sur elle. Elle s'y est blottie. Son visage s'est détendu, sa respiration ralentie.

J'ai entrebâillé la fenêtre. L'air frais fouettait mon visage, charriant le parfum des pinèdes au travers desquelles nous avancions à vive allure.

La radio enchaînait de vieux standards américains pendant que l'asphalte défilait sous nos roues.

Dans cette nuit pâle de pleine lune, je pouvais voir le relief qui déjà changeait. Les courbes se faisaient plus dures, la végétation plus rare.

Les effluves de conifères ont rapidement disparu.

Il n'y avait presque personne sur l'autoroute. J'avais l'impression de sillonner une planète inconnue, de m'aventurer sur des territoires inexplorés, ce qui, en un sens, était le cas.

J'ai songé aux anges, à ce qu'ils allaient devenir, et je me suis demandé si un jour on se reverrait. J'ai songé à Igor, à Kalev, à Luigi, à ce type étendu dans son sang et j'ai béni chaque kilomètre m'éloignant d'eux.

Tout se mélangeait dans ma tête, tout n'était que chaos et confusion. Des visages, des bribes de phrases, des chansons, des voix, des détails me parvenaient en flashs brutaux.

Je me suis concentré, tentant de tenir à distance ces pensées, et j'ai taillé la route sans savoir où nous allions, ni d'où nous venions finalement.

Quelques minutes plus tard, nous sommes passés à proximité d'une aire de repos. Des lumières, de la vie, des voyageurs.

J'ai focalisé mon attention dessus et j'ai doucement repris le contrôle, je me suis ancré à nouveau dans ce présent qui nous menait à grande vitesse vers l'inconnu.

J'ai envié ces gens, rêvé leurs existences.

Je faisais souvent ça le long de la promenade, le matin, au café.

Le calme est revenu.

J'ai imaginé ce père de famille faisant le plein, pendant que les gosses dorment à l'arrière. Sa femme, dans un demi-sommeil, qui ouvre un œil, puis se rendort aussitôt. Le cappuccino qu'il va déguster avant de prendre le chemin du retour.

Cette serveuse, qui n'en peut plus de ce job mais qui s'y accroche car elle n'a rien d'autre. Les mêmes blagues, chaque soir, des mêmes hommes, les mêmes avances, les mêmes allusions. Ses pieds lui font mal mais elle se dit que ça pourrait être pire. Alors elle affiche un sourire de façade et réchauffe le cœur des clients.

Ce camionneur qui rentre chez lui. Il n'a pas vu sa fiancée depuis trois semaines. Il a roulé trop vite, trop longtemps et ses yeux brûlent. Il boit son expresso en fumant une cigarette et il pense à elle, à ses yeux et à son cul.

Cette femme, seule, attablée depuis des heures. Toutes les nuits, elle roule et s'arrête au hasard. Elle mange une part de tarte en sirotant un verre de vin. Quand le jour se lèvera, elle partira Dieu sait où.

Cet enfant, émerveillé par ce monde nocturne, qui met une pièce dans la machine en plastique, tourne la poignée crantée et saute de joie en découvrant la petite balle rebondissante multicolore qu'il perdra quelques heures plus tard.

Ce jeune couple de voyageurs, sac sur le dos et chaussures de rando aux pieds, espérant trouver une bonne âme pour les rapprocher de leur prochaine étape.

Ce mec qui s'est tiré de chez lui et qui le regrette déjà.

Ce patron qui allonge les sodas à l'eau en pensant au crédit de sa maison.

Cet employé qui met des sandwiches triangles sur les étagères.

J'ai imaginé chacun d'entre eux, tous réunis pour quelques minutes, dans un même instant de vie.

Ana s'est réveillée, m'a demandé si ça allait, j'ai dit oui, tout va bien. Elle s'est rendormie.

Au loin, le ciel s'éclaircissait lentement dans un dégradé de pourpre et d'indigo.

Springsteen chantait une ballade en guitare-voix et quand l'harmonica s'est invité, les larmes sont montées.

J'ai serré fort le levier de vitesse, et j'ai appuyé à fond sur l'accélérateur. J'ai repensé à mon footing au bord de la falaise, au vide, à l'écume tout en bas et à ces bouts de roche que j'avais vus tomber, puis être engloutis par les flots hostiles. J'ai ressenti la même chose qu'en cette matinée, le même désir obscur. Le paysage défilait à une vitesse folle et les pleurs rendaient la route indistincte. Il me suffisait de mettre un léger coup de volant, et tout était fini. Plus j'y pensais, et plus cela devenait évident. Il n'y avait pas d'issue. Nous n'avions ni famille, ni amis, ni endroit où aller. Nous ne faisions que fuir.

J'ai posé ma main sur l'attache-ceinture d'Ana et j'ai appuyé très doucement. La griffe métallique s'est désenclenchée et je l'ai aidée à remonter en silence jusqu'à l'enrouleur. J'ai fait pareil avec la mienne. Le compteur indiquait cent cinquante kilomètres par heure. J'ai regardé Ana, j'ai murmuré je t'aime et j'ai pleuré de plus belle.

Le jour s'était levé et projetait sur la campagne aride une lumière d'une beauté rare, presque magique. J'y ai vu un signe divin, une invitation à disparaître ici et maintenant. La voiture montait la colline à fond de train. Une fois là-haut, tout s'arrêterait.

J'ai coupé la radio.

J'ai contemplé Ana encore une fois, une dernière fois.

C'est à ce moment précis qu'elle a ouvert les yeux.

Un épais nuage est passé devant le soleil, ternissant la roche, densifiant le ciel.

Elle s'est redressée. J'ai détourné le visage.

Mon cœur battait à tout rompre.

Elle a posé une main sur ma cuisse et j'ai aussitôt levé mon pied de l'accélérateur.

« Tu veux pas t'arrêter à la prochaine station ? J'ai envie de pisser. »

J'ai deviné son sourire et, en une seconde, la noirceur s'est dissipée. Volatilisée. Comme au bord de la falaise, je ne comprenais pas ce qu'il venait de m'arriver.

Elle a posé sa tête contre mon épaule.

« Tu sens bon… », m'a-t-elle chuchoté dans un souffle.

Le nuage a continué sa course, le soleil est réapparu, les couleurs ont explosé. J'ai passé la main sur mes yeux.

« T'es fatigué ? »

Un panneau indiquait la prochaine aire à moins de deux kilomètres.

« Un peu. »

Je me suis rabattu sur la voie de droite.

« On est où ?
– Je ne sais pas vraiment. Quelque part plus à l'ouest. »

Je me suis mis à trembler imperceptiblement.
Comment avais-je pu douter de nous ?
Je n'étais plus seul. Nous n'étions plus seuls.
Peu importe ce qu'il était advenu par le passé, nous allions devenir ceux que nous souhaitions. Cette vision m'a rassuré, apaisé pour de bon. Je me suis ressaisi.
La station-service était au sommet de la côte et le paysage qu'elle surplombait était d'une splendeur immaculée.

« Putain, j'ai besoin d'un bon café », a grogné Ana.

Elle m'a embrassé sur la joue avant de se jeter hors de la voiture.

« Je t'attends pas, il y a urgence », a-t-elle crié en courant vers les toilettes.

J'ai allumé une cigarette et je suis descendu à mon tour en chopant le Polaroid sur la banquette arrière pour me prendre en photo, clope au bec, avec en arrière-plan cette vallée somptueuse que nous n'aurions jamais dû voir.

38.

Nous avons quitté l'autoroute en fin d'après-midi.

J'ai emprunté une départementale et laissé le hasard et la boussole nous conduire jusqu'à un village en bord de mer quasi désert.

La plupart des magasins étaient fermés. Personne dans les rues.

Un vrai dimanche d'arrière-saison.

J'ai roulé au pas, puis garé la voiture sur une petite place face à l'océan immense et tumultueux.

On ne pouvait pas aller plus loin. Alors on est descendus.

Peu à peu, avec la distance, nous laissions derrière nous le chaos que nous venions de traverser et retrouvions un semblant de sérénité.

Qu'importe qu'Igor soit déjà à nos trousses, nous avions roulé loin, longtemps, prenant les chemins que nos intuitions désiraient suivre, sans logique ni plan établi.

Nous avions un coup d'avance et comptions bien en profiter pour nous reposer et reprendre des forces.

Le vent du large était doux et le soleil flirtait tranquillement avec l'horizon.

J'ai suivi Ana sur la plage.

C'était la marée basse, alors on a marché de longues minutes avant d'arriver à l'eau. Je me suis assis sur le sable. Ana s'est aventurée dans les vagues jusqu'aux cuisses, sautant, riant, criant comme une enfant. J'ai jeté un galet juste à côté d'elle pour l'éclabousser. Elle m'a fait un doigt d'honneur. Je lui ai lancé un baiser, qu'elle m'a retourné.

Lorsqu'elle est sortie, elle s'est jetée dans mes bras, me faisant basculer en arrière. Ses jambes étaient fraîches, sa robe trempée et ses lèvres une ode à l'amour fou. On s'est embrassés jusqu'à ce que le jour disparaisse et puis elle s'est allongée contre moi. J'avais envie de lui dire que je l'aimais, mais j'ai juste souri en lui caressant le visage.

« Et maintenant, on fait quoi ? » a-t-elle demandé, d'un ton grave.

Je me suis redressé sur les coudes, j'ai scruté l'océan, puis jeté un œil autour de moi. Sur notre droite, du sable à perte de vue. À notre gauche, au loin dans la pénombre, une dizaine de bungalows montés sur pilotis.

« Maintenant, on cherche un endroit où dormir », j'ai répondu.

Les hôtels du front de mer étaient eux aussi fermés, alors on s'est dirigés vers les bungalows.

Les volets du premier étaient clos.

Ceux du deuxième également.

On a fait le tour de tous les autres sans trouver âme qui vive.

Ils étaient en bois peint, tous de couleurs différentes, disséminés le long du front de mer. Derrière eux, d'imposantes dunes protégeaient une forêt de conifères et de feuillus.

« Fais ton choix », lui dis-je en les montrant d'un geste.

Elle m'a regardé, interloquée et frissonnante, a tourné sur elle-même puis désigné le bleu pâle, un peu en retrait des autres.

« Celui-là.
– Très bon choix, madame. »

Je me suis approché et j'ai délicatement, puis, plus volontairement, essayé d'ouvrir la porte et les volets, mais tout était bouclé à double tour.

Je suis monté sur la dune et j'ai cherché quelque chose qui puisse m'aider à entrer. La forêt exhalait des parfums d'eucalyptus et de résine. Les maisons en ombres chinoises sur le ciel bleu pétrole ressemblaient à d'énormes insectes immobiles, prêts à bondir. J'ai écarté un fil barbelé avec ma chaussure et je me suis dirigé vers un blockhaus à moitié englouti par le sable.

À l'intérieur, le sol était jonché de bouteilles vides, de mégots et de bois calciné. Ça puait l'urine à en suffoquer. J'ai avancé à tâtons car je n'y voyais pas grand-chose. Mon pied a heurté un objet dur qui a glissé sur le béton dans un fracas métallique. Je l'ai ramassé et suis ressorti pour l'observer au peu de lumière qui restait. C'était une latte de fer, plate et fine.

Je suis redescendu vers le bungalow, et je l'ai insérée entre la porte et le chambranle. La construction était sommaire, les huisseries aussi. J'ai fait levier. Le bois a craqué. J'ai insisté. Le verrou a cédé.

Ana a poussé un petit cri de joie, j'ai bombé le torse.

J'ai rapidement trouvé le compteur électrique afin d'enclencher le courant. La lumière est venue aussitôt.

L'entrée du bungalow donnait directement sur un salon sommaire et chichement aménagé. Derrière, une petite cuisine faisait face aux bois. Sur la gauche, un couloir étroit desservait une minuscule salle de bains et une chambre, uniquement pourvue d'un lit, d'une commode et d'une table de chevet.

Le frigo s'est remis en route dans un bourdonnement fébrile. J'ai vérifié, au cas où, mais il était vide.

Dans les placards, j'ai trouvé un paquet de céréales, du miel, des pâtes, un peu de riz et des boîtes de conserve.

J'ai sorti deux bols, versé les céréales, puis du miel, et on s'est jetés dessus comme des morts de faim.

Après, on s'est installés profondément dans le canapé en se disant que cet endroit serait parfait pour la nuit.

J'ai posé ma tête sur le dossier moelleux, Ana la sienne sur mes cuisses. J'ai senti la fatigue me rattraper. J'ai fermé les yeux quelques instants. Et j'ai sombré.

39.

On a finalement passé quelques jours comme ça, planqués dans le bungalow, limitant nos sorties à de rapides trajets jusqu'à la supérette du village pour nous ravitailler.

Personne ne semblait avoir eu vent de l'affaire qui nous avait amenés là, alors on s'est dit que le mieux, dans l'immédiat, était de ne pas bouger et de se la jouer discrète.

On occupait nos journées à faire l'amour comme des fugitifs ou plongés dans les nombreux récits d'aventure que nous trouvions dans la petite bibliothèque du salon.

Je commençais lentement à me détacher du sentiment de culpabilité qui me rongeait, comprenant peu à peu et à grand renfort d'autopersuasion que je n'avais eu d'autre choix que d'agir ainsi. Je ne pouvais rien faire de plus, alors j'essayais juste de vivre avec et d'accepter mes émotions.

Le temps passant, on a repris confiance et espoir, et on s'est mis à évoquer demain plutôt qu'hier.

À maintes reprises et par pur désœuvrement, nous nous sommes interrogés sur celui qui nous prêtait malgré lui sa demeure et nous avons à son sujet échafaudé mille hypothèses pour finalement décider qu'il était écrivain.

On l'imaginait, attablé face à l'océan, inventer des histoires de marins en détresse ou d'explorateurs perdus en d'hostiles contrées. Peu à peu, à force d'évocations, je me suis pris d'affection pour notre hôte. Nous ne sommes pas arrivés à nous entendre sur le prénom, alors on en changeait chaque fois que nous parlions de lui. On ne devait jamais utiliser un nom déjà choisi par l'un de nous, ce qui donnait lieu à de fortes crises de mauvaise foi quand cela se produisait. On s'emportait vite et fort, et puis on finissait toujours par en rire, puis par baiser.

Avec l'argent qu'on avait, et si l'écrivain ne débarquait pas, on pouvait tenir comme ça un bon moment. Nous n'avions besoin de rien de plus.

Le hasard et l'intuition nous avaient conduits ici et par conséquent il était compliqué de nous retrouver.

Ce qui ne devait être qu'une étape dans notre fuite se transformait en refuge.

Au fil des jours, je m'étais même persuadé qu'Igor nous avait oubliés, que notre absence avait suffi à l'apaiser.

Je le savais capable, en quelques coups de téléphone, d'étouffer l'affaire et sans nul doute l'homicide resterait irrésolu.

J'étais en revanche plus inquiet pour les anges et j'espérais que Heinz s'était bien remis.

Ce matin-là, je suis allé me jeter dans l'eau froide et agitée de l'océan. Ça faisait un bien fou de se dépenser, de regoûter aux grands espaces pour la première fois depuis notre arrivée. Je n'étais jusqu'à maintenant guère sorti que par nécessité.

Ana m'observait, amusée, depuis le perron.

Depuis notre départ, nous n'avions pris aucune drogue et, à part quelques verres d'un rhum vieux que l'écrivain planquait sous l'évier, nous ne touchions plus non plus à l'alcool. Ça nous réussissait plutôt pas mal. Je me sentais lucide, apaisé, profitant de l'instant comme rarement je l'avais fait. Notre vie se résumait à quelques mètres carrés, à des livres et à du sexe. C'était tout ce dont nous avions besoin, et tout ce dont nous avions envie.

Je suis revenu en trottinant, j'ai gravi les dix marches menant au bungalow et je me suis enveloppé dans une grande serviette de bain à l'effigie du drapeau américain, puis on a fumé en contemplant la mer qui descendait lentement et le soleil qui montait haut dans le ciel.

Ensuite, j'ai proposé à Ana d'aller au village.

Cinq minutes plus tard, nous étions en route.

C'était le genre d'endroit qui ne vivait que l'été.

Un bar était ouvert et une poignée d'habitués refaisait le monde au comptoir, leur discussion enfiévrée résonnant jusqu'à l'extérieur. Quatre vieux jouaient à la pétanque sur la place. Dans la rue principale, une boulangerie jouxtait la supérette et un magasin de souvenirs et d'articles de plage désert.

Un couple de retraités se baladait sur le front de mer jalonné de restaurants aux portes closes et aux rideaux tirés. L'homme portait un pull bleu clair noué sur les épaules, des mocassins, un pantalon de toile blanc et une chemise parme. La femme, elle, arborait de larges lunettes de soleil, une veste à motifs floraux, un pantalon rose pâle et des chaussures vernies plates. Je les ai regardés s'éloigner et, malgré tout ce qui nous séparait, je n'ai pu m'empêcher de nous imaginer ainsi, Ana et moi, lorsqu'on serait vieux.

Un phare protégeait l'entrée d'un minuscule port dont seuls quelques bateaux de pêche sortaient parfois. Les autres embarcations servaient de scène aux propriétaires qui venaient s'exhiber pendant la haute saison, dînant en public ou nettoyant inutilement un pont qui ne goûtait jamais l'eau salée, et patientaient donc immobiles jusqu'à l'année suivante.

Au-delà, une colline escarpée sur laquelle s'épanouissait une végétation sauvage et luxuriante cachait l'horizon et signifiait la fin du monde habité. De l'autre côté, la forêt s'étendait à perte de vue.

On a acheté des clopes à la supérette et on est allés s'en jeter quelques-uns dans le rade.

La patronne nous a accueillis à bras ouverts, heureuse que quelques touristes viennent s'aventurer jusqu'ici. Sa poitrine défiait la raison et les piliers de comptoir ne semblaient toujours pas s'y être habitués. Elle dirigeait de main de maître les lieux, ne laissant à son malingre mari que le soin de faire la plonge, préparer les croque-monsieur ou l'entrecôte frites au beurre d'ail. Ça semblait rouler et tout le monde était content ainsi.

Deux ados s'affrontaient au baby et la radio diffusait de vieilles chansons italiennes. Il faisait bon et ça sentait la vie.

Nicole, la tenancière, houspillait les déjà-soûls en leur servant le dernier ballon, midi n'ayant toujours pas sonné.

Un facteur, fatigué d'avoir distribué ses trois rues, est entré et le mari a posé sans un mot une mauresque généreuse devant lui. Il s'est frotté le ventre des deux mains avant de se délecter de l'apéritif comme s'il s'agissait d'un cru classé. Il manifesta son contentement d'un sonore et prolongé son de gorge résumant à lui seul l'inénarrable tirade qu'eût faite un œnologue après dégustation d'un Pétrus 1989.

Les retraités se sont installés en terrasse, et Nicole est revenue à l'intérieur en hurlant :

« Dédé, deux entrecôtes à point ! Frites et frites-salade ! »

Dédé a quitté le comptoir, enfilé un tablier de cuistot, s'est allumé une Gitanes maïs en poussant les portes battantes des cuisines comme Josey Wales celles d'un saloon.

« *L'amore ! l'amore !* » miaulait le crooner italien dans les enceintes d'un autre temps.

On a mangé un croque-monsieur gavé de béchamel et des frites grasses de jour de fête. Le demi sentait la fin de fût mais on l'a descendu comme un lait fraise. Nous regoûtions aux joies simples, nous savourions le peu.

Deux types se sont pris la tête mais Nicole, avec l'expérience du métier et des hommes, a clos l'incident en leur offrant la tournée de l'amitié.

L'un des ados a fait gamelle au baby et s'est mis à genoux comme s'il venait de remporter la coupe du monde, la vraie.

« *L'amore ! l'amore !* »

Dédé a réapparu, retiré son tablier, et il s'est servi un double Ricard.

Le facteur s'en est allé en trébuchant maladroitement sur la petite marche de l'entrée au moment où il saluait tout le monde. Un client accoudé au zinc lui a gueulé « Allez, bonne nuit, champion ! », ce qui a fait marrer tout le monde.

Nicole s'est mise à donner de grands coups de coude à un Dédé hilare qui valdinguait à chaque fois.

Ce dernier a allumé une cigarette de tabac brun et dès la première bouffée ses rires se sont instantanément mués en une toux grasse et rauque qui faisait trembler et tressaillir son petit corps maigre de manière inquiétante. Il a réussi tant bien que mal et au prix d'efforts surhumains à reprendre son souffle, sous les regards inquiets des clients qui y allaient tous de leurs conseils – respire par le nez, bois un coup, tapez-lui dans le dos – et quand il fut certain que tout allait bien, l'œil humide et le visage cramoisi, il s'est resservi une anisette bien méritée.

Les ados ont fini leur partie, Nicole nous a offert deux demis et on a quitté le *Bar de la Marine* le cœur léger.

La mer s'était retirée vers le large et des pêcheurs de coquillages s'affairaient sur les roches coiffées d'algues.

J'ai pris Ana par l'épaule en descendant jusque chez nous.

Je sentais son pouls contre ma poitrine.

L'air était frais, le vent léger et apaisant.

Le sable gardait la trace de nos pas.

J'ai murmuré à Ana que je l'aimais.

« *L'amore ! l'amore !* »

40.

Le quincaillier m'avait vendu tout l'attirail nécessaire. Je m'affairais depuis deux heures mais je tenais le bon bout. J'avais raboté le chambranle, remplacé la latte endommagée par un tasseau de sapin, poncé puis lasuré le tout. La porte était comme neuve. Je l'ai refermée avec une précaution infinie et le clic du pêne dans la gâche me procura une satisfaction sans égale.

J'ai observé fièrement le travail accompli et j'ai essayé d'ouvrir la porte mais elle restait désormais solidement close.

Une bonne chose de faite. Je devais bien ça à l'écrivain.

Ensuite, je suis descendu sous la maison, me faufilant entre les pilotis bleu pâle, mon échelle sur l'épaule et mes outils à la main.

En rentrant du *Bar de la Marine*, la veille, Ana m'y avait entraîné et nous avions fait l'amour comme des adolescents, debout contre un des poteaux de bois. C'est à ce moment-là que j'avais découvert la petite trappe.

Elle s'actionnait manifestement de l'intérieur. J'avais regagné le bungalow et m'étais étonné de ne jamais avoir remarqué la découpe dans le sol de la cuisine. Un petit carré de cinquante centimètres de côté, dans l'angle mort entre la gazinière et l'évier. Des sacs de papier et de vieux magazines la recouvraient partiellement, un petit cadenas doré la scellait.

Je l'avais fait sauter d'un simple coup de tournevis pour le remplacer par un plus gros dont le quincaillier m'avait vanté les mérites, ne tarissant pas d'éloges sur ce produit qu'il écoulait selon lui comme des petits pains. J'étais resté incrédule devant une telle faconde alors qu'il était entendu depuis le départ que j'allais l'acheter, son foutu cadenas. Je l'avais laissé dérouler son argumentaire, opinant du chef par moments, feignant l'étonnement, me montrant impressionné devant tant de qualités.

Je m'étais ensuite procuré une petite échelle de bois et le matériel nécessaire pour réparer la porte. Le quincaillier était content, il venait de faire un chiffre inespéré en cette saison. Il m'avait chaleureusement félicité pour mes acquisitions, me soutenant que je ne serais pas déçu et que je pouvais revenir quand je le voulais.

J'ai scié à même le sol les pieds de l'échelle afin qu'elle ait la taille adéquate, puis je l'ai posée contre la trappe. Ana m'observait depuis l'intérieur, juste au-dessus de moi. Je pouvais vaguement voir sous sa jupe mais je me suis bien gardé de le lui avouer. Sous tous les angles, cette fille m'excitait, sous tous les angles, je l'aimais.

J'ai déclaré « Voilà, c'est bon » et elle s'est mise à applaudir en sautillant sur place.

« À vous l'honneur », ai-je clamé avec un accent bourgeois, en lui tendant la main pour l'aider à descendre.

Ce qu'elle fit avec emphase et élégance.

« Elle te plaît, notre nouvelle entrée ? »

Elle m'a embrassé, puis demandé de prendre la pose. J'ai empoigné mon marteau, glissé mon crayon sur l'oreille, me suis accoudé à l'échelle et j'ai tendu un index vers la trappe. Ana a pris son Pola.

« Je suis bientôt à court de pellicule », a-t-elle soupiré en agitant inutilement la photo.

41.

Il est bientôt dix heures. Le soleil peine à trouver son chemin parmi les nuages. Au loin, d'énormes cumulonimbus bordent l'horizon. Le vent se lève.

Je rogne machinalement mes ongles. Le directeur me jette un regard bienveillant. Il me parle de choses futiles et agréables, je réponds des banalités sans réfléchir. Il allume une cigarette en s'appuyant sur le capot de la voiture. Je ne l'avais jamais vu fumer auparavant. Il tient le filtre entre le pouce et l'index, comme les cow-boys dans les films. Ça lui confère un style inhabituel que j'aime bien, un côté hors-la-loi. Il expire lentement de longues volutes de fumée qui disparaissent instantanément.

Je commence à avoir un peu froid, alors je sautille sur place en enfonçant mes poings dans les poches de mon blouson. Je ne suis pas assez couvert, je le sais, mais je n'ai rien d'autre à me mettre. Il a fallu que j'achète des chaussures de boxe le mois dernier. Ma bourse y est passée.

Le directeur balance son mégot sur le bitume d'une pichenette, elle aussi tirée d'un vieux film.

« Allez, Roman, on y va mon grand. »

Il y a du monde devant la prison. L'air est devenu très humide.

Je baisse la tête en arrivant devant les portiques. Le directeur donne le nom de mon père au gardien qui vérifie scrupuleusement nos cartes d'identité.

On pénètre ensuite dans l'enceinte. L'odeur de désinfectant me saute à la gueule.

Un homme arrive et nous explique la marche à suivre, une fois que nous serons à l'intérieur. Il parle fort, d'une voix grave et sévère. Il demande ensuite si tout est clair. Silence dans l'assemblée. Il opine du chef.

Un autre gardien nous fait entrer dans une pièce recouverte d'affiches de prévention contre la délinquance, les violences faites aux femmes et autres réjouissances qui finissent de me mettre à l'aise.

Tout le monde s'assied. Le directeur soupire.

Une Latino d'une vingtaine d'années donne un biberon à son bébé.

Un vieux pleure sans bruit, dignement.

Une femme en survêtement passe machinalement ses paumes sur ses cuisses. Je l'observe discrètement. Elle fait de courtes pauses, inspecte ses ongles, puis reprend le mouvement.

J'entends des pas. Tout le monde se fige. Deux gardiens nous invitent à les suivre. J'ai les mains moites. On emprunte un long corridor blanc éclairé salement par de vieux néons et notre rythme se cale sur celui des autres. Inconsciemment, nous marchons au pas.

Un nouveau gardien nous accueille au parloir. Nouvelles instructions. Nouveau silence.

Je regarde le directeur, il me sourit en hochant la tête puis me fait signe qu'il m'attend là.

J'ai peur. Je me sens seul. Je suis seul.

Je scrute la salle. Des prisonniers sont attablés dans des boxes. Je ne retrouve pas mon père.

Les visiteurs s'installent à la hâte et c'est quand ils sont tous assis que je vois cet homme au regard bas sur sa chaise de bois.

Il a les cheveux grisonnants et clairsemés, la peau blafarde tachée par endroits de plaques rouges, les épaules saillantes.

Il lève le menton et son expression change en me voyant.

Je m'approche lentement mais je ne le reconnais pas. Je le dévisage en me forçant à trouver en lui quelque chose qui me rappelle mon père, mais rien n'y fait.

Je m'assieds. Il pose ses bras sur la table, courbe l'échine. Il est d'une maigreur effrayante.

Un brouhaha feutré monte dans la pièce. Je jette un œil autour de moi et j'aperçois le directeur, dans le couloir, qui discute avec un gardien.

La femme tend le bébé à son mari.

Le vieil homme ne pleure plus.

Je ne vois pas bien les autres visiteurs.

J'attends qu'il dise quelque chose. J'ai envie de prendre ses mains dans les miennes, mais une force inconnue m'empêche de les sortir de mes poches. Je l'entends respirer. Il y a comme un sifflement aigu qui s'échappe de lui à chaque inspiration. Il a l'air mal en point. Il ne relève toujours pas la tête. Je l'observe, je le sens, je l'entends, notre bourreau, mon père, cet assassin, mais je n'éprouve aucune pitié, aucune compassion, aucune colère, aucun ressentiment, aucun besoin de justice.

J'espérais trouver ici quelque chose, quelqu'un, mais il n'y a plus rien ni personne.

Je me recule contre le dossier. J'aimerais dire un mot, vraiment, j'aimerais, mais mon esprit est vide et rien, absolument rien, ne vient.

Alors je me lève doucement, range la chaise, et je m'en vais.

Le directeur interrompt sa conversation et s'avance vers moi, l'air inquiet.

« Tout va bien ? »

J'enfonce mon cou dans le col de mon blouson.

« On peut rentrer, s'il vous plaît ? »

Le directeur a l'air désolé. On regagne la sortie.

Je jette un dernier regard derrière moi. Ses mains sont toujours sur la table, sa tête toujours baissée.

« Je peux vous prendre une cigarette, monsieur, s'il vous plaît ? » je demande comme on arrive à la voiture.

Il s'arrête, me regarde fixement, surpris par ma question.

Une goutte tombe sur le pare-brise, une deuxième sur mes cheveux.

« Laissez tomber », je fais en montant.

Nous roulons dans le déluge, phares allumés et essuie-glaces à grande vitesse.

Nous restons silencieux. Il allume le chauffage. La pluie fait un vacarme d'enfer contre la carrosserie. On n'y voit pas à dix mètres. Il se concentre sur la route.

Moi, je pense à ma mère, et je me sens soudain très fatigué.

Le son sourd et continu de l'orage me berce. Les essuie-glaces martèlent un tempo régulier. Je ferme les yeux et, en un instant, je m'endors.

42.

Il était tôt, la plage déserte, le froid d'octobre rosissait mes joues et d'éphémères volutes de vapeur s'échappaient de ma bouche à chaque foulée.

Sur ma gauche, les bois s'étendaient à perte de vue. À ma droite, l'océan immense grondait son intranquillité.

Je me suis rapproché de l'eau jusqu'à ce que les vagues lèchent mes baskets. Je jouais comme un gosse, sautant ou m'écartant brusquement, imaginant qu'au moindre contact, je serais happé par les flots ou dissous par un quelconque liquide toxique. Je me prenais au jeu de manière extrêmement sérieuse. J'avais réussi à me persuader que cette illusion était vraie. Malgré cela, je frôlais de plus en plus ces langues souples qui s'en venaient mourir à mes côtés puis repartaient en laissant derrière elles de minuscules bulles et quelques algues brunes.

Au loin, un cargo glissait sur l'horizon, relâchant une lourde fumée grise qui trahissait sa peine à convoyer ses milliers de conteneurs.

J'ai gravi aisément la digue sud, puis sauté sur l'imposante dune qui la bordait. Mes chaussures s'enfonçaient à chaque pas et la pente raide freinait ma progression vers le sommet. Le souffle court et le cœur montant dans les tours, j'agrippais des arbustes pour faciliter mon ascension. La brise s'est levée. Je n'étais plus qu'à quelques encablures. J'ai enjambé des barbelés, et je me suis mis à quatre pattes pour terminer la montée.

Une fois arrivé, je me suis laissé tomber sur le dos. Mes cuisses et mes poumons brûlaient. Il m'a fallu de longues minutes avant de reprendre mes esprits.

Quand je me suis finalement redressé pour m'asseoir, je n'en suis pas revenu. La vue était étourdissante. Derrière moi, le village, les collines et les autres hameaux perdus à flanc de roche. Partout ailleurs, l'océan gigantesque, viril et monochrome.

La dune dévalait à pic dans des rochers ocre qui barraient le passage à l'eau, infatigable dans son entreprise de destruction.

J'étais au bout de la terre, au bout du monde.

Au-delà, l'inconnu effrayant, l'étranger invisible.

Les continents exotiques, les contrées imaginaires.

Au-delà, d'autres mondes, d'autres histoires.

Au-delà, les petites vies et les grands destins, les bonnes étoiles et les chagrins.

J'ai repris la marche le long de la crête, puis j'ai pénétré dans le bois en suivant un étroit sentier tapissé d'aiguilles de pins ponderosa et de genévriers.

La flore était dense et oppressante. Le vent ne parvenant pas à s'y engouffrer, un silence ouateux prédominait et l'atmosphère semblait plus douce, la température plus clémente.

Le chemin s'est rétréci encore pour finalement disparaître, me laissant désemparé au milieu de la forêt.

C'est en revenant sur mes pas que j'ai aperçu, à une trentaine de mètres, une forme surprenante.

Je me suis avancé et j'ai rapidement compris qu'il s'agissait d'une chapelle, visiblement à l'abandon. Elle était minuscule, recouverte de vigne vierge et de liseron. La porte d'entrée était dégondée, les fenêtres obstruées par des planches clouées aux chambranles. J'ai jeté un œil à l'intérieur, mais il y faisait trop sombre, alors je suis entré.

Ça sentait l'oiseau et le bois mouillé et, une fois habitué à l'obscurité, j'ai constaté que tout semblait être resté en l'état. L'autel, les porte-cierges, la petite chaire suspendue étaient recouverts de poussière et de fientes, le sol de pierre brute était jonché de plumes et de déjections. Un pigeon roucoulait dans les basses fréquences, un autre s'est envolé pour regagner l'air libre.

Malgré l'oubli, le temps et ses dégâts, il régnait là une atmosphère de sérénité, de solennité, de recueillement.

J'ai essuyé un bout de banc et je me suis assis.

Un ostensoir était posé sur l'autel, à côté d'un calice débordant de merde d'oiseau. J'ai fermé les yeux et, pour la première fois de ma vie, j'ai prié.

Je ne connaissais aucune litanie, alors j'ai tout simplement demandé pardon. Pardon pour cet homme que j'avais tué.

Pardon à Ana de l'avoir embarquée avec moi.

Pardon à ma mère de ne pas avoir su la protéger.

Pardon pour les mauvais choix et les faux départs.

Pardon de demander pardon pour la première fois, dans un tel temple.

Pardon de ne croire en Lui qu'aux moments de détresse.

Un courant d'air s'est introduit dans la chapelle, faisant basculer puis tomber lourdement la porte d'entrée que j'avais laissée en équilibre précaire.

Le pigeon a cessé de roucouler et l'écho de la chute s'est prolongé de longues secondes. J'ai levé les yeux vers le vitrail qui ornait le chœur, profitant de ce que je considérais être un signe de Sa part, et j'ai sollicité Sa magnanimité, L'implorant de nous offrir une issue, quelle qu'elle soit, une sortie à cette histoire, un bonheur à notre taille, humble mais précieux, un répit prolongé dans nos existences cabossées, jurant qu'en retour, je prendrais soin des miens, des autres, que je ne L'oublierais plus aux heures lumineuses.

J'ai joint mes mains en m'agenouillant et je me suis concentré si fort que les larmes sont montées pour finalement jaillir sur mes joues.

Qu'allions-nous devenir ? Il nous faudrait un jour prochain quitter cette cabane, ce village, reprendre la route, affronter de nouveaux territoires, de nouveaux hommes. Et puis après ?

Je me suis relevé, signé et je me suis entendu murmurer « À bientôt », à je ne sais qui, à je ne sais quoi. J'ai remis la porte dans ses gonds, puis je l'ai refermée en douceur, et je suis parti.

J'ai emprunté le chemin de crête de la dune tout du long pour rentrer.

J'allais redescendre sur la plage par le bois quand il m'a semblé apercevoir quelqu'un debout devant notre bungalow.

J'étais encore trop loin pour pouvoir distinguer correctement qui cela pouvait être, mais une chose était sûre, ce n'était pas Ana.

J'ai longé furtivement les arbres en lisière, glissant d'un tronc à l'autre. La silhouette était masculine. Un type plutôt grand et large. Il cherchait visiblement quelque chose car il faisait le tour des maisonnettes, en les observant sous tous les angles. Parfois il disparaissait et j'en profitais pour m'avancer.

J'étais maintenant arrivé au plus près de la nôtre. Je ne pouvais progresser plus sans me retrouver à découvert.

L'homme s'est attardé au pied de notre escalier. Il hésitait à monter. Je ne savais pas quoi faire. J'ignorais qui il était et ce qu'il voulait. J'ai pensé à Igor. La plante dans mon ventre s'est réveillée, et avec elle une flopée de souvenirs désagréables, d'images que j'avais réussi à tenir à l'écart depuis quelques jours.

J'ai ensuite pensé à l'écrivain, mais je me suis dit qu'il n'aurait eu aucune raison d'hésiter entre les bungalows. Ce gars-là n'était pas familier des lieux. C'était évident.

Il a sorti un papier de sa poche, l'a lu, puis rangé à nouveau. Il n'avait pas l'air serein.

Il a renoncé à gravir les marches et, finalement, a fait le tour de la cabane.

Comme il se rapprochait dangereusement de moi, j'ai sauté derrière un large cèdre qui pouvait me cacher entièrement et je me suis tenu immobile et silencieux quelques instants, avant de l'épier.

Son visage m'apparaissait maintenant clairement. Je ne le connaissais pas. Je ne l'avais jamais vu.

Il s'est accroupi pour regarder sous la maison. J'ai prié pour qu'il ne repère pas l'échelle que j'avais laissée descendue ce matin. Il s'est relevé en marmonnant quelques mots et en frottant son pantalon pour en retirer le sable. Il est ensuite revenu devant le bungalow et il s'est acheminé vers le perron. Ma respiration s'est accélérée.

Il a frappé à la porte.

J'ai pensé fort à Ana, je l'ai suppliée de ne pas bouger, de ne surtout pas ouvrir, de ne pas faire le moindre bruit qui pourrait trahir une présence à l'intérieur. L'homme a frappé à nouveau, trois coups secs que je percevais clairement de là où j'étais. Ana les avait forcément entendus elle aussi. J'ai hésité à sortir du bois, à mettre ma capuche et à foncer sur lui.

Mais je me suis vite ravisé.

J'ai ensuite pensé à reprendre mon footing. Ma simple présence le ferait peut-être partir. Mais je me suis dit que si c'était moi qu'il cherchait, c'était la plus stupide des stratégies. Alors j'ai attendu et j'ai fait confiance à Ana.

Il a encore vérifié les alentours avant d'essayer d'ouvrir la porte.

J'ai retenu mon souffle en espérant avoir fait du bon travail pendant que le type secouait vigoureusement la poignée.

Elle a tenu le coup.

J'ai soupiré.

Au bout d'interminables secondes, il est redescendu et s'est finalement éloigné en direction du village. Il est monté dans un gros 4 × 4 noir.

D'où j'étais, je ne pouvais voir ni la marque, ni les plaques, ni aucun autre détail.

Il est parti en faisant vrombir sèchement le moteur.

J'ai aussitôt dévalé la dune et plongé sous le bungalow en criant le nom d'Ana.

43.

L'inquiétude et la peur sont revenues, alors on est à nouveau restés cloîtrés. On s'est posé mille questions, on a échafaudé mille hypothèses, inventé mille histoires avec toujours la même conclusion : rien ne prouvait que cet homme ait un rapport avec Igor.

Ana répétait en boucle qu'il fallait fuir. Je lui répondais chaque fois qu'on ne risquait rien, qu'il était préférable et plus sûr de rester ici. Je prenais soin d'elle, je la rassurais comme je pouvais, mais je voyais bien que ça ne fonctionnait plus. Son angoisse était palpable.

Ce type l'avait fait flipper et, pour l'instant, je ne pouvais pas la calmer.

Alors, insidieusement, sans que j'en prenne réellement conscience, quelque chose en elle a changé.

J'ai essayé de prendre du recul, d'être rationnel. Il fallait rester serein et réfléchir.

Partir ne nous mènerait à rien. Où irions-nous ? Trouverions-nous meilleur refuge que celui-ci ? Se remettre en mouvement augmentait également la probabilité de se faire repérer. En revanche, rester nous exposait à un éventuel retour du type. Et, dans ce cas, il nous fallait prier pour qu'il ne soit pas envoyé par Igor ou l'un de ses associés.

J'ai tourné en rond de longues heures dans le salon, comme un fauve prisonnier, j'ai enchaîné les clopes en pesant le pour et le contre.

La raison m'intimait de rester planqué pendant que mon instinct criait qu'Igor nous avait retrouvés.

On gardait les volets fermés jour et nuit, alors on a très vite perdu la notion du temps. Ana ne mangeait plus. Elle n'avait jamais faim, me disait-elle. J'insistais mais elle se rendait systématiquement dans la chambre et se cachait sous la couette.

Je ne sais pas exactement combien de temps on a vécu ainsi, mais ça m'a paru durer une éternité. La plante dans mon ventre s'est mise à rayonner. Je sentais ses racines m'envahir totalement.

Ana faisait de rares apparitions, pour aller aux toilettes ou fumer une cigarette, sans rien dire. Et puis elle retournait se coucher. On ne se parlait quasiment plus.

Je la rejoignais quand j'avais sommeil, je la cajolais, mais c'était comme si la vie l'avait quittée. Elle restait inerte et tiède, immobile dans sa tanière de plumes d'oie.

Elle a maigri très vite et son visage s'est creusé anormalement.

Un jour que j'étais attablé à la cuisine, elle est sortie de la salle de bains et s'est plantée devant moi. Elle avait du rouge à lèvres sur et autour de la bouche, du fond de teint rose vif sur les joues. Ses yeux étaient enflés par des larmes qui ne coulaient plus, ses cheveux hirsutes et gras.

Elle faisait peur à voir. J'ai reposé ma tasse mais je n'ai pas eu la force de me lever.

« Je me suis faite belle pour toi », a-t-elle susurré d'une voix aiguë et lasse de petite fille fatiguée.

Je me suis senti infiniment triste et je n'ai pas su quoi répondre.

Elle a tourné sur elle-même. Sa nuisette était froissée et ses cuisses trop fines.

Et puis elle s'est mise à pleurer.

Je l'ai rejointe et je l'ai enlacée.

« Je veux partir d'ici, a-t-elle sangloté, j'ai peur… »

On ignorait si le type allait revenir, et cette incertitude nous rongeait.

Alors j'ai murmuré :

« D'accord, si tu veux, on fait nos affaires et on se casse. »

Son corps s'est dérobé. Elle s'est évanouie.

Je l'ai allongée sur le canapé, j'ai surélevé ses jambes et couru à la cuisine pour chercher du sucre que j'ai dissous dans un verre d'eau. J'ai crié son nom plusieurs fois jusqu'à ce qu'elle revienne à elle.

« Ça va, ça va… », elle a bredouillé.

De timides couleurs sont revenues sous le fard outrancier et ses yeux ont cherché un point d'ancrage. J'en ai profité pour la faire boire.

J'étais soulagé. J'ai repris confiance et je l'ai incitée à manger un carré de sucre. Ce qu'elle a fait sans broncher.

Quand elle a pu s'asseoir à nouveau sans que la tête lui tourne, je suis allé nous préparer une platée de pâtes que nous avons partagée en silence. Elle a esquissé un sourire. J'en aurais presque pleuré.

C'est à ce moment-là qu'on a frappé à la porte.

Ana a lâché son assiette, qui s'est fracassée sur le sol.

Elle m'a jeté un regard terrorisé et j'ai bondi du sofa pour me précipiter devant l'entrée et coller mon oreille contre la fine cloison de bois.

On a frappé à nouveau. Les coups ont résonné fort dans ma tête. J'ai eu un mouvement de recul. Ana a crié.

« Ouvrez ! » a ordonné une voix grave et décidée.

Ana s'est réfugiée dans la chambre. J'étais désemparé. J'ai regardé partout autour de moi, cherchant une solution, quelque chose, n'importe quoi.

« Ouvrez cette putain de porte ! » a insisté le type.

Si je n'obtempérais pas, le gars allait entrer de force. Je ne savais pas quoi faire.

Je me suis rapproché de l'entrée et je l'ai entendu s'éloigner. J'ai bloqué ma respiration pour essayer d'entendre ce qui se tramait.

J'ai alors compris qu'il s'élançait et j'ai juste eu le temps de reculer avant que la porte ne claque violemment, percutant mon front de plein fouet. Je l'ai vu se ruer à l'intérieur alors que je m'affalais dans le canapé.

Il avait un imper noir, des cheveux noirs et j'ai remarqué qu'il portait des gants, noirs eux aussi.

La douleur est instantanément montée. J'ai cru que ma tête allait exploser. Il s'est immobilisé un bref instant pour jeter un œil autour de lui, me laissant le temps de me remettre debout. Voyant cela, il s'est précipité sur moi mais j'ai instinctivement sauté pardessus la table basse, le déséquilibrant au passage.

J'ai fait volte-face et pensé rejoindre Ana mais il était déjà à nouveau sur pied, prêt à en découdre. Il a pointé son doigt vers moi, me signifiant clairement qu'il était très énervé et qu'il allait maintenant en finir. Je lui ai balancé un livre au visage. Il a grogné comme une bête.

Il faisait une tête de plus que moi et il était sacrément bâti. Sa main droite, ouverte et lourde, s'est abattue sur ma tempe, m'étourdissant immédiatement. J'ai titubé puis heurté le mur avant de m'écrouler.

Ce type avait une force de cheval. J'ai repensé à un boxeur de l'académie, un Marocain, qui cognait un peu pareil. Un super lourd avec des biceps gros comme mes cuisses. Je détestais l'affronter. J'étais son *sparring-partner* avant les combats. Je ressortais tout le temps lessivé des quelques rounds que je tenais, comme si un tracteur m'avait roulé dessus. Ses poings étaient durs, ses coups puissants et assommants, sa tronche de biais et son empathie totalement inexistante.

L'homme m'a maintenu au sol. Il a posé ses mains sur mon cou et serré très fort. J'ai rapidement compris que ça ne servait à rien d'essayer de le faire lâcher prise, alors j'ai tenté de le frapper de toutes mes forces au visage mais je n'atteignais que ses larges épaules ou ses bras robustes, sans même le faire vaciller.

Je n'arrivais plus à respirer. Je sentais mon visage se gorger de sang. Mes yeux roulaient dans leurs orbites et ses genoux s'enfonçaient dans mon ventre, finissant de m'étouffer.

Il me regardait fixement en continuant de grogner comme un phacochère, un rictus infâme sur sa gueule animale.

Je sentais les forces m'abandonner.

Alors, dans un flash soudain et aveuglant, j'ai compris qu'il n'y avait pas d'issue. Que cette fois, c'était la bonne.

Le gars s'est mis à me secouer comme une poupée de chiffon et ma tête a percuté le parquet.

J'ai fermé les yeux, j'ai pensé à Ana et j'ai eu très peur.

J'étais terrorisé de ce qui l'attendait et accablé de ne pas avoir su la défendre, ne pensant plus à ma mort certaine, mais à elle, et juste à elle.

Je me sentais perdre connaissance.

Je ne pensais pas que ça finirait comme ça.

J'avais mille fois envisagé ma mort. Le lieu, les circonstances, les possibilités. Mais jamais je n'aurais pu imaginer cela.

Au moment où j'allais rendre les armes pour de bon, l'homme a relâché son étreinte, et je me suis demandé si ça y était, si j'étais mort.

Son corps lourd a pesé encore plus sur le mien et ses doigts ont enfin lâché mon cou. L'air est revenu comme par magie, alors j'ai immédiatement pris une longue et profonde inspiration.

Ma gorge brûlait, j'ai toussé. Je respirais à nouveau.

L'homme ne bougeait plus. Il râlait faiblement, comme un chien qui allait crever, de la bave à la commissure des lèvres.

J'ai levé la tête et j'ai vu Ana, debout derrière lui, les mains sur la bouche, balbutiant des mots incompréhensibles. J'ai péniblement réussi à me dégager et c'est là que j'ai vu l'épais manche du couteau de cuisine sortir d'entre ses omoplates.

Il m'a fallu quelques minutes avant de reprendre mes esprits.

Du sang coulait très doucement vers moi, comme un minuscule et lent tsunami rouge. Mes bras en étaient recouverts, mes fringues aussi.

Ana est venue s'asseoir à côté de moi. Elle a allumé deux cigarettes, m'en a tendu une, et on a fumé en regardant le type mourir.

44.

L'homme pesait une tonne. J'avais du mal à marcher. Ana éclairait le chemin mais on n'y voyait pas à deux mètres. Je lui indiquais la route tant bien que mal et je n'arrêtais pas de me demander si c'était une bonne idée, si on n'aurait pas mieux fait de le laisser dans le bungalow et de déguerpir au plus vite.

Plus on avançait, plus je pressentais qu'on faisait là une grave erreur.

Les fougères et les ronces lacéraient mes chevilles et j'ai trébuché plusieurs fois sous le poids du macchabée. J'étais exténué, mon esprit tournait en boucle sur ce qui venait de se passer. Tout avait été si soudain.

Mais il était inconcevable de faire demi-tour maintenant. Il nous fallait aller vite, d'autres hommes allaient certainement débarquer. On s'était mis d'accord sur le fait qu'il valait mieux l'éloigner de là, brouiller autant que possible notre piste, qui semblait désormais toute tracée pour qui nous recherchait.

Alors il n'y avait plus à tergiverser, juste à presser le pas.

Ana avait retrouvé un calme olympien, une assurance presque dérangeante après sa catatonie des jours passés et son numéro dans la cuisine. Elle était encore une autre. La jeune fille insouciante, puis la recluse en proie à la panique avaient disparu pour laisser place à une femme nouvelle. Son regard n'était plus le même, son attitude et sa posture non plus.

Elle prenait les choses en main, et je n'avais rien à y redire. Elle m'avait sauvé la vie, elle avait tué un homme pour moi.

Tout avait basculé en quelques minutes.

Nous avions immédiatement agi, dans l'instant présent, dans la survie.

Ana avait nettoyé le salon à grandes eaux pendant que je traînais le cadavre sous le bungalow.

Elle voulait qu'on aille l'enterrer dans la forêt, mais nous n'avions ni pelle ni outil. On allait y passer des heures. C'était inconcevable.

On ne pouvait pas non plus l'abandonner au milieu des bois, ni sur la plage et encore moins chez l'écrivain. Il fallait gagner du temps et éviter les complications. Si on le retrouvait sitôt après notre départ, on était faits comme des rats.

J'ai réfléchi et c'est là que j'ai pensé à la chapelle.

« On y est », j'ai soufflé en laissant tomber le mec à terre.

Dans cette nuit sans lune, à la lueur de la lampe torche, l'endroit était lugubre.

J'ai déposé le corps derrière l'autel et je l'ai recouvert de planches, de gravats, d'une vieille nappe et de tout ce que j'ai pu trouver.

Les oiseaux dormaient, perchés autour de nous, émettant un roucoulement sourd.

Juste après, je me suis agenouillé devant la statue du Christ. J'ai imploré Sa clémence et Lui ai demandé son aide. Nous étions perdus, égarés, et nous voulions retrouver notre chemin.

J'ai entendu Ana sortir.

Je me suis relevé, signé et j'ai murmuré « Merci » en Le fixant dans les yeux.

Il n'avait jamais été vraiment là pour moi, Il me devait bien ça.

J'ai pris la main d'Ana et on a coupé par la dune. Nos pieds s'enfonçaient profondément dans le sable mais nous avancions malgré tout à vive allure, mus par l'urgence. Très vite nous avons aperçu au loin, dans l'aube encore endormie, les contours du bungalow juché sur ses sombres pilotis.

J'ai ressenti un frisson le long de la colonne vertébrale en entrant dans le salon. Tout me revenait en flashs vifs et obscènes.

J'ai pris une douche rapide, puis je suis sorti avec nos fringues sales que j'ai arrosées d'alcool à 90 degrés avant d'y mettre le feu.

Quand tout a été calciné, j'ai répandu les cendres sur la plage et dans la mer.

Ensuite, on a couru jusqu'à la voiture et on est partis sans se retourner.

45.

La chose à l'intérieur de moi irradiait comme un soleil, prenant possession de tout mon corps. Une chaleur intense et palpable, nocive à m'en donner la nausée. J'avais beau respirer, tenter de me détendre, rien n'y faisait. L'angoisse m'étouffait d'une main ferme et sans pitié.

Ana fumait cigarette sur cigarette, le regard perdu dans le paysage qui devenait de plus en plus aride à mesure que nous descendions vers le sud.

J'inspirais. J'expirais. J'inspirais. J'expirais.

Une buse tournoyait haut dans le ciel au-dessus d'un champ de terre sèche. Elle planait, ses larges ailes déployées, en cercles amples et majestueux. J'ai ralenti pour l'observer. Par moments, elle décrochait et se laissait tomber de plusieurs mètres en tournant sur elle-même, se rapprochant dangereusement de la proie qu'elle avait repérée, avant de reprendre de l'altitude d'un simple battement.

J'inspirais. J'expirais.

Ana a allumé la radio. Une voix de femme débitait un monologue saccadé et survolté dans une langue à laquelle je ne comprenais rien. Elle s'est mise à rire, et un deuxième animateur s'est esclaffé lui aussi. Ana a souri.

« Tu comprends ? ai-je demandé.

– Un peu… »

L'animatrice a repris son speech et lancé un morceau de *dance music* dégueulasse. Ana s'est enfoncée dans son siège. La buse a décrit des ronds de plus en plus petits.

J'ai inspiré. J'ai expiré.

Nous étions à hauteur de l'oiseau maintenant. Il volait, là, juste sur ma gauche. J'ai ralenti encore un peu plus.

La respiration d'Ana est devenue douce et régulière.

Le couple à la radio a entamé une conversation animée, sans doute à propos de la merde qu'ils venaient de passer.

Le rapace a piqué brusquement, fondant sur un rongeur à qui il ne laissa aucune chance. L'oiseau a effleuré le sol une demi-seconde à peine, puis il est remonté aussitôt, emprisonnant dans ses serres l'animal condamné.

Les présentateurs ont explosé de rire.

La buse est partie loin devant nous. Je l'ai perdue de vue.

J'ai inspiré. J'ai expiré. Je n'étais pas bien.

J'ai baissé le son. Ana dormait profondément. Mon cœur battait toujours aussi anormalement vite. J'ai songé à faire une pause pour me calmer, mais à cette simple pensée, l'angoisse s'amplifiait et je sentais le sang déserter ma tête pour se réfugier dans mes jambes. Il fallait que j'avance. S'arrêter était devenu physiquement impossible.

Les deux cons ricanaient toujours.

J'étais mal à l'aise. Comme un *bad trip*. Persuadé qu'ils se foutaient de ma gueule.

J'ai inspiré. J'ai expiré. J'ai inspiré. J'ai expiré.

J'ai changé de station.

Puis j'ai éteint.

Quelque chose au loin a alors attiré mon attention, mais je n'arrivais pas à distinguer clairement ce que c'était.

Ana s'est retournée, calant sa tête contre la vitre.

C'est alors que j'ai reconnu la buse, massive et fière, postée sur l'un des poteaux qui bordaient la route. J'ai décéléré et me suis déporté sur la voie de gauche. J'étais maintenant assez proche pour voir le rat à moitié dévoré entre ses pattes. Elle m'a toisé. J'étais fasciné. Ses yeux noirs, plantés profond dans les miens, ne cillaient pas. Elle me défiait, m'imposant dans le même temps respect et prudence.

Je me suis rabattu sur la droite. J'ai jeté un œil dans le rétro. L'oiseau a terminé son festin, puis s'est envolé, disparaissant pour de bon.

J'ai roulé plusieurs heures avant que les voitures devant nous ne ralentissent et que la route rétrécisse.

J'ai mis les warnings. Des panneaux indiquaient la frontière toute proche.

J'ai réveillé doucement Ana.

Elle s'est frotté les yeux et redressée à contrecœur.

Je lui ai montré le poste-frontière. Elle m'a regardé, l'air inquiet. J'ai posé une main sur sa cuisse pour la rassurer.

Elle a baissé le pare-soleil, passé une main dans ses cheveux et s'est rougi les lèvres. Elle a ensuite allumé une cigarette.

J'ai commencé à suer et à prier pour qu'on traverse sans encombre, mais je n'ai rien dit ni laissé paraître.

On roulait au pas et à mesure qu'on se rapprochait des douaniers, le malaise grandissait. Ils n'immobilisaient aucun véhicule, se contentant de dévisager les voyageurs, mais je ne pouvais m'empêcher de penser à nos sacs remplis de fric et à ce pour quoi on était là.

Un agent s'est penché vers moi.

Je lui ai souri.

Il m'a sommé de me garer et de baisser ma vitre. Il était grand, baraqué, le visage viril et buriné, il sentait l'aventure et l'interdit, inspirait le respect et l'envie. On l'aurait cru sorti tout droit d'un film hollywoodien, avec sa gueule de chef de gang.

J'ai inspiré.

Et je me suis exécuté.

Il s'est penché dans l'habitacle et a baragouiné quelques mots d'un ton sec et péremptoire.

Ana a acquiescé.

Il a ensuite posé une question en se tournant vers moi.

J'ai expiré.

Il a plissé les yeux. Ana a bredouillé quelques mots à son adresse, volant à ma rescousse. Le type s'est détendu, il a souri jusqu'aux oreilles en me tapant sur l'épaule et m'a signifié que c'était bon, que je pouvais y aller. J'avais le dos trempé de sueur.

Quand le poste-frontière fut loin derrière nous, j'ai demandé à Ana ce qu'elle lui avait raconté. Elle s'est contentée de fixer l'horizon, stoïque, un léger sourire au coin des lèvres.

Je l'ai épiée un moment, mais elle s'appliquait à rester parfaitement muette et immobile.

« Non, mais, vraiment, tu lui as dit quoi ? »

Elle a finalement tourné le visage vers moi.

« J'ai faim », a-t-elle soupiré.

J'ai laissé tomber et emprunté la première sortie avant de faire une halte quelques kilomètres plus loin dans une station-service de campagne.

L'employé dormait sur sa caisse enregistreuse. Il a pris l'air dégagé quand on a posé nos sandwiches et nos bières sur le comptoir, le réveillant en sursaut. Une ligne rouge barrait son front et l'empreinte de sa montre était incrustée sur sa tempe droite. Il a marmonné quelques mots d'une voix rauque, pour la forme, et s'est réinstallé pour la sieste avant même qu'on ne passe la porte.

Derrière le bâtiment, une balançoire faisait face à des champs en jachère qui s'étendaient à perte de vue.

On s'y est assis. C'était grandiose.

Le soleil commençait sa descente vers l'horizon, donnant à la terre des reflets rouille insoupçonnés.

Des oiseaux tournoyaient en brigade.

Une douce brise s'est levée.

On s'est balancés lentement en mangeant, silencieux.

Le ciel est devenu écarlate.

J'ai inspiré. J'ai expiré.

46.

Je fumais une cigarette, allongé sur le capot de la voiture.

Le jour se levait à peine. Une mince couche de brume flottait sur des champs labourés, ouateuse et fantomatique, nappant les quelques arbres squelettiques qui bordaient l'horizon.

J'avais dormi comme une masse, épuisé par les émotions et par cette interminable journée. J'étais perclus de courbatures mais je me sentais regonflé, presque en forme.

Ana s'est réveillée. Elle est venue s'installer à mes côtés. Je lui ai tendu la clope.

J'étais rassuré d'avoir franchi la frontière, d'être en pays étranger. Comme si personne ne viendrait nous chercher ici. J'ignorais encore comment il nous avait retrouvés, quelle avait été notre erreur, mais il ne faisait aucun doute que l'homme du bungalow était l'un de ses sbires et qu'Igor n'en resterait pas là.

Ana est partie sur le chemin qui longeait les essarts, s'enfonçant dans la brume pour s'isoler derrière un arbre auréolé d'un halo diaphane.

J'ai sorti de ma poche la boussole et j'ai visé le sud. Deux routes s'y dirigeaient, parallèles et distantes de quelques kilomètres l'une de l'autre. À l'approche d'une colline qui émergeait de l'horizon, elles bifurquaient dans des directions opposées. J'ai pris une pièce, je l'ai lancée.

Pile à gauche. Face à droite.

Ana a réapparu, réajustant sa robe. Elle était magnifique, nimbée de volutes blanches dans les lueurs roses. J'ai rangé ma pièce. Elle a déposé un baiser sur mes lèvres. On est remontés à bord et on est partis.

On savait tous les deux qu'on n'allait nulle part, mais on faisait semblant, on jouait le jeu, pour nous et pour l'autre. C'était tout ce qui comptait au fond. Ça, et le maigre espoir que tout pouvait encore basculer en notre faveur. Je croyais en l'apparition d'une bonne étoile qui ne nous aurait pas encore trouvés.

On a traversé quelques villages déserts, des rues principales étroites et austères, longé des maisons aux volets fermés, aux cheminées fumantes, parcouru le monde endormi qui nous accueillait sans oser le déranger.

Par-delà les coteaux, un massif montagneux aux contours vif et jusque-là invisible s'est dressé devant nous. Le soleil resplendissait et inondait les falaises d'une lumière brute qui modelait la roche et faisait scintiller les neiges éternelles.

La voie s'est transformée en tunnel et mes yeux mirent un moment à s'habituer à l'obscurité.

On n'a rencontré personne pendant notre traversée souterraine, entre-deux-mondes étrange et orangé, au cœur du minéral hostile. On est demeurés muets tout du long et il me semble que même nos respirations se firent silencieuses.

D'interminables minutes plus tard, revenus à la clarté des grands espaces, nous nous sommes engagés dans un nouveau territoire, formé de plaines et longé à l'est par une mer céruléenne agitée. Ana a sorti son Pola et l'a prise en photo.

« Il ne m'en reste qu'une », elle a soupiré en regardant l'image se former lentement.

J'ai allumé la radio. L'animateur, visiblement défoncé, a diffusé un vieux morceau de Dennis Brown, parfait pour tailler vers le sud.

Ana a calé l'appareil photo contre le pare-brise. Un timide sourire est revenu sur son visage. J'ai passé ma main sur sa joue, elle s'est blottie contre moi.

La route bordait l'océan et, très vite, est apparue la première ville.

Elle se composait d'une unique rue commerçante, de quelques habitations regroupées en allées sinueuses et ombragées, et de deux restaurants sur le front de mer qui jouxtait un modeste port.

Hormis une poignée de touristes et quelques locaux tout aux affaires courantes, l'endroit était désert.

On s'est attablés face aux bateaux et on a commandé des cafés.

Des mouettes survolaient la digue comme un petit chalutier revenait du large. Sur le quai, une femme empilait des cagettes, prête à vendre la pêche de la nuit. Un gamin de cinq ou six ans attendait que le poisson morde au bout d'une ligne qu'il avait jetée entre deux coquilles de noix, dans l'eau immobile, en bâillant. Son père a annoncé son arrivée par deux coups de corne de brume et le garçon s'est levé aussitôt, laissant malgré lui tomber sa canne dans le port. Sa mère l'a pris dans ses bras et hissé haut, tout contre elle.

Troisième coup de corne. L'enfant a fouetté l'air de ses bras, heureux d'accueillir son héros. La mère a enfilé un tablier.

Deux petits vieux patientaient déjà devant le hayon relevé de son échoppe. Les mouettes perdaient espoir.

Le serveur a posé nos expressos devant nous en marmonnant quelque chose. Je lui ai signifié que je ne parlais pas sa langue. Il a réfléchi quelques secondes, cherchant ses mots, puis il a renoncé en s'éloignant.

On a laissé trop d'argent et on s'est mis en quête d'un hôtel. Le premier fut le bon. C'était une petite bâtisse simple et rustique, avec des gouvernails, lampes-tempête et longues-vues accrochés aux murs, des maquettes de voiliers et des photos de mer déchaînée, de phare dans la houle et de couchers de soleil sur la côte.

La vieille dame qui tenait l'établissement articulait lentement et j'arrivais à saisir certains mots. Elle nous a péniblement accompagnés jusqu'à notre chambre, au deuxième étage, en nous racontant sa vie. Ana donnait le change avec bienveillance.

La dame lui a remis un porte-clés coquillage. Elle a ouvert les volets et nous a annoncé avec fierté que nous avions vue sur le port.

J'ai jeté un œil. Une dizaine de personnes était attroupée devant le stand de la famille de pêcheurs. La femme s'activait, le père s'enfilait une bière, assis sur une bitte d'amarrage, éreinté de sa nuit. Le gamin tournait autour de lui en sautillant.

La vieille a refermé la porte et j'ai plongé sur le lit. La literie était défoncée et de vieux ressorts rincés couinaient à chaque mouvement, mais cette chambre allait grandement faire l'affaire, bien mieux que la voiture, cela allait sans dire.

Ana a pris une douche. Je l'ai rejointe.

On a dîné à l'hôtel ce soir-là. La tenancière, ravie de nous recevoir, en faisait des tonnes. Elle s'affairait en cuisine, en salle, et s'adressait à moi comme à un enfant, pensant que j'allais mieux la comprendre.

Au dessert, elle s'est assise avec nous, évoquant de vieilles histoires de marin, impliquant son homme disparu et ses jours d'infortune, sa jeunesse et ses amours perdues, le tout traduit simultanément par Ana, visiblement émue.

Elle a posé ses mains sur celles de la vieille aux yeux humides, et elles se sont souri tendrement.

« Prends-nous en photo », m'a prié Ana.

Je me suis reculé, Pola en main. Elle s'est levée pour enlacer la dame. Joue contre joue, elles avaient l'air heureux. J'ai déclenché.

Après trop de digestifs, on est allés se promener sur le port. Un vieux chien errait sur le pavé et des drisses frappaient des mâts en de monotones percussions dissonantes. On s'est arrêtés au bout du quai, face à l'immensité sombre et remuante.

« Je crois que je pourrais vivre ici », a murmuré Ana.

Je l'ai serrée fort.

« On part demain aux aurores », a-t-elle ajouté laconiquement.

J'ai acquiescé.

La lumière de la chambre de la vieille dame s'est éteinte.

On est rentrés.

47.

La vieille dame a murmuré quelques mots à l'oreille d'Ana, qui lui a tendu la photo que j'avais faite d'elles. Elle l'a regardée avec émotion, puis l'a posée sur son cœur.

Dehors, le jour se levait à peine.

Le port était désert, hormis un ivrogne qui titubait. Il jurait en faisant de grands gestes et il a fini par tomber quelques mètres plus loin. Il s'est mis à gueuler encore plus fort en grillant une clope qu'il a fumée allongé, sans même essayer de se relever. Il est ensuite parti dans un fou rire incontrôlable. Ça l'a méchamment fait tousser, alors il s'est simplement penché sur le côté, et il a vomi. Après, il s'est remis debout, apparemment requinqué, et il a repris son chemin, avant de disparaître au coin de la rue.

« Allons-y », a décrété Ana en passant devant moi.

J'ai salué la vieille et refermé doucement la porte, laissant derrière nous l'écho du carillon-sirène suspendu au-dessus de l'entrée de l'hôtel.

Ana s'est installée dans la voiture pendant que je rangeais les sacs dans le coffre. C'est là que je l'ai remarquée.

Une berline Mercedes noire.

Au volant, un homme que je n'arrivais pas vraiment à distinguer. J'ai fait mine de rien. J'aurais pu monter à bord et partir, comme prévu, mais j'avais une étrange intuition. J'ai refermé le coffre, et je me suis allumé une clope. Ça me laissait un peu de temps.

L'homme restait immobile, donnant l'impression qu'il nous observait. Le véhicule était loin, sur le parking public, au milieu de cinq ou six autres caisses. Il ne pouvait pas se douter que je l'avais repéré. Je me suis dit que je faisais une crise de parano. La chose en moi s'est réveillée.

Le mec ne bougeait pas d'un iota, les yeux rivés sur nous. J'ai tenté de me raisonner. Sûrement un homme qui rentrait chez lui et voulait dessoûler un peu, ou annoncer quelque chose de difficile à sa femme. Un type qui attendait un rendez-vous secret. Un patron de bar en avance. Un voyageur en fuite. Un représentant de produits pharmaceutiques ou un vendeur de bibles.

Mon cerveau se remettait à tourner tous azimuts et je me suis mordu méchamment la lèvre sans m'en rendre compte. J'ai juré et pesté en posant mon doigt dessus, constatant que je saignais.

Nouveau coup d'œil à la Mercedes en montant à bord.

Un entrepreneur en repérages. Un homme qui revenait sur les traces de son enfance. Un *go fast* attendant les consignes. Un médecin à domicile qui sortait d'une consultation.

J'ai démarré. On a quitté le village.

« Tu faisais quoi ? m'a demandé Ana.

– Rien, je profitais du paysage, pour une fois qu'on ne part pas en courant. »

Je me suis engagé sur la voie rapide en roulant à la vitesse maximale autorisée.

Coup d'œil au rétro. Pas de berline à l'horizon.

J'ai soufflé, le stress est retombé.

Ana a passé le temps en me parlant de choses et d'autres. Au bout d'un moment, elle a évoqué Billie et Kramer, et ça m'a fait tout drôle d'entendre leurs noms. Elle semblait heureuse de repenser à tout ça. Je l'ai laissée faire. Je ne l'avais pas connue aussi diserte depuis longtemps.

Elle s'est redressée sur son siège, excitée, et m'a raconté une histoire mille fois radotée par Billie. On a ri. Elle s'est souvenue ensuite d'un soir où Münch et Tony s'étaient battus contre des touristes, à la sortie d'un bar, de l'épisode du karaoké du Carré Rouge, de la pute ramenée par Elias, de la fois où Jeanne avait vomi dans la piscine et Zelda sur le piano, des barbecues sous les étoiles et des joints qu'on cramait en imaginant le futur, de l'amour qu'on se donnait, toujours, sans relâche, des fêtes au *Squat*, des après-midi à rêver et des nuits défoncés.

C'était la belle vie. C'était le bonheur sur des tubes de l'été.

Un ange, fragile et léger, est passé. Le sourire d'Ana est retombé. J'ai allumé la radio. Ana a sorti de son sac un petit cahier d'écolier rouge à spirale et y a collé les photos prises à l'hôtel. Il compilait des années de Polaroids, archivait les souvenirs.

Toute une vie en quatre-vingt-seize pages.

Je ne l'avais encore jamais vu. Je découvrais enfin ce qu'elle faisait de tous ses clichés.

Un panneau a indiqué la capitale et j'ai proposé à Ana qu'on s'y arrête. Elle a acquiescé, alors j'ai pris l'embranchement en fredonnant sur une chanson à la radio que je connaissais enfin. Ana a pouffé. J'en ai rajouté. Elle m'a embrassé.

Une heure et demie plus tard, nous entrions dans la ville de pierre blanche.

Le soleil se reflétait partout, surexposant les rues de manière agréable et accueillante. Les piétons semblaient légers et les automobilistes peu pressés.

Les magasins ouvraient, une odeur de lessive et de gâteaux chauds régnait ; l'air était doux pour une fin d'automne.

On a trouvé un hôtel immédiatement. Le patron était un jeune type déjà dégarni qui prenait son rôle très au sérieux et tenait son établissement pour ce qu'il n'était visiblement pas. Il en faisait des caisses, la tête haute et l'accent pointu.

Là aussi, la chambre donnait sur le port, beaucoup plus grand celui-ci. Un port de commerce bordé de hautes grues, de conteneurs et peuplé de travailleurs casqués.

Le porte-clés était différent lui aussi. Oubliée la palourde peinte, bienvenu le bout de métal design à deux balles.

On est redescendus aussitôt pour arpenter et découvrir le quartier. Il y avait du monde, ça faisait un bien fou. On a déjeuné en terrasse, d'un plat de pâtes à la sauce locale et de beaucoup de verres de vin.

Il faisait chaud.

Deux jeunes types ont commencé à jongler et à faire des acrobaties devant les tables. Ils assuraient. On leur a filé un billet et Ana a un peu discuté avec eux. Ils se sont bien marrés. J'ai fait pareil, ne comprenant absolument rien à ce qu'ils racontaient. Ils nous ont checkés, puis sont partis recommencer leur numéro devant les autres restaurants.

C'était le début d'après-midi. J'étais soûl. Je me sentais léger, presque bien. On est passés devant des boutiques de savon, de pâtisseries locales, des magasins de souvenirs, de fringues, de chaussures, d'articles de pêche, de plongée, de bateaux et on a débouché sur les quais.

Des hommes s'activaient en tous sens, des camions remplis de matériel roulaient à vive allure, des machines déchargeaient sans fin d'énormes cargos venus de pays lointains et d'autres prenaient leur place sitôt la tâche achevée. Des empilements gigantesques et multicolores, des parfums d'exotisme et de vie rude, de gasoil et de ferraille, de large et de solitude. J'étais fasciné par cette chorégraphie industrielle, par cette activité fourmillante et disproportionnée.

Le soleil cognait, les peaux ruisselaient, les corps souffraient.

On est remonté vers le centre par une ruelle escarpée dont le calme et la fraîcheur contrastaient avec les docks.

Ana a dégusté une glace à l'italienne en déambulant au milieu des habitations silencieuses. Seuls quelques sons de vaisselle et de télévision nous parvenaient, étouffés par les hauts murs colorés des immeubles anciens. Des fils à linge surchargés de vêtements humides couraient de l'un à l'autre.

En haut de la colline, au bout des rues étroites, trônait un belvédère surplombant la ville. On s'y est arrêtés quelques minutes.

Devant nous, la plaine filait jusqu'aux hauts sommets que nous avions traversés. Derrière, le port et l'océan. D'est en ouest, s'étirait la cité blanche.

Deux enfants jouaient près d'une fontaine publique, s'arrosant et riant aux éclats.

Un vieil homme seul faisait face à la mer, assis sur un banc de pierre, le regard perdu vers l'horizon, les mains cramponnées à une canne de bois noueux.

On a déambulé entre les ifs et les oliviers enracinés dans le pavé, on a peu parlé, on s'est caressés, on a respiré.

Les gamins sont partis.

On est redescendus, laissant à sa rêverie le vieux solitaire.

Ana souhaitait se reposer un peu à l'hôtel, alors je suis retourné prendre un verre.

La petite place était animée, les travailleurs libérés. Je profitais du moment, j'observais, je me fondais dans la masse. J'étais l'anonyme, l'étranger, l'ignoré. J'étais qui je voulais, qui ils voulaient. J'étais une idée, une projection, un fantasme. Ils étaient des acteurs jouant pour moi le spectacle de leur vie.

J'ai terminé ma bière, et j'en ai aussitôt commandé une autre.

Au loin, j'apercevais notre voiture.

Le ciel s'est assombri.

Juste derrière était garée la berline noire.

Mon estomac s'est contracté. J'ai réglé à la va-vite et décampé, inspectant les alentours, tentant de déceler quelque chose d'anormal ou quelqu'un, une trace, un indice confortant mes suspicions.

J'ai avancé vers le véhicule, rasant les murs, à l'affût.

La Mercedes était vide. J'étais à une dizaine de mètres et je voyais parfaitement qu'il n'y avait personne à l'intérieur. J'ai hésité à m'approcher davantage. Puis j'ai pensé à Ana, alors j'ai couru jusqu'à l'hôtel.

Elle était endormie, les volets tirés et la fenêtre entrebâillée laissaient parvenir l'effervescence du port. J'ai voulu la réveiller, mais je me suis ravisé. J'ai fermé à double tour, et je me suis installé au bord du lit, essayant de réfléchir.

Il n'y avait aucun doute, c'était la même voiture. Comment nous avait-il retrouvés ? C'était impossible.

Nous n'avions pas été filés pendant le voyage, je m'en étais assuré tout au long de la route. Mon esprit était confus. Je n'arrivais pas à mettre mes idées en ordre. Et cette putain de boule devenue plante carnivore qui me brûlait les entrailles et remontait maintenant vers le cœur.

Je me suis allongé, fixant le plafond, tentant de comprendre.

J'ai émis différentes hypothèses, envisagé l'improbable. Rien ne collait.

Ne restait que la coïncidence. Le même mec, aux mêmes endroits que nous, aux mêmes moments. Je voulais y croire, mais tout en moi refusait cette conclusion.

Et puis ça m'est apparu d'un coup.

Je me suis relevé brusquement.

Je suis descendu en trombe et j'ai cavalé vers notre voiture. La nuit tombait, les réverbères se sont allumés simultanément. J'ai scruté autour de moi. Les rues s'étaient vidées. Personne à l'horizon.

J'ai traversé la place et j'ai vu au loin notre caisse. Mais la Mercedes n'était plus là.

J'ai vérifié encore une fois que personne ne m'observait, et je me suis accroupi pour pouvoir passer une main sous la jante et tâter l'intérieur de la carrosserie. J'ai répété l'opération trois fois, sans rien trouver.

Je me suis ensuite allongé sur le dos afin de regarder sous le moteur. Il faisait trop sombre. J'ai encore palpé. Toujours rien.

Idem à l'arrière.

Je suis monté et j'ai fouillé sous les sièges, le tableau de bord, la banquette, la boîte à gants. Rien. Je devenais dingue. J'étais sûr de mon coup, certain que je n'étais pas fou. Je suis repassé plusieurs fois aux mêmes endroits mais n'obtenais que les mêmes résultats. Je suis ressorti, claquant la portière de colère. Une femme a passé la tête par la fenêtre de sa cuisine. J'ai levé les yeux vers elle, m'excusant.

Elle a pris un air dédaigneux et s'en est retournée à son programme télé.

J'ai fait le tour du véhicule et, las, j'ai posé mes mains sur le coffre en laissant tomber ma tête en avant. Le coffre. Putain, je n'avais pas fouillé le coffre.

Je l'ai ouvert et j'ai disséqué chaque centimètre carré. Rien non plus.

J'allais abandonner quand mes yeux sont tombés sur une minuscule trappe découpée dans le plancher, presque invisible. J'ai passé mes ongles avec difficulté dans les interstices et j'ai fait levier. À l'intérieur se trouvait un petit objet cubique en métal noir. Putain, j'avais raison.

J'ai pris le mouchard entre mes doigts et je l'ai observé de près.

Cet enfoiré de Rekkie m'avait doublé. Cet enfoiré de Rekkie m'avait donné à Igor.

J'étais abasourdi, consterné, dévasté.

De rage, j'ai voulu exploser le *tracker* contre un mur mais je me suis aussitôt ravisé. Il y avait peut-être mieux à faire. J'ai rassemblé mes forces pour ne pas le fracasser malgré tout, je l'ai déposé dans la boîte à gants et je suis rentré à l'hôtel.

48.

J'ai tout raconté à Ana. Elle est restée d'un calme désarmant.

À travers la fenêtre, je pouvais voir les lumières du port scintiller et l'activité, bien que réduite, continuer. Des ombres flottaient sur le quai, un cargo prenait le large, des camions entraient et sortaient d'immenses hangars. J'ai fermé les volets.

Ana est allée dans la salle de bains pendant que je faisais les cent pas, repensant à Rekkie, à notre départ, à notre périple, à toute la route effectuée depuis la villa. Je m'en voulais d'avoir été si naïf.

Je me demandais si Rekkie avait voulu se racheter auprès d'Igor ou si, finalement, ils n'avaient jamais cessé de travailler ensemble. Je ruminais. Je bouillonnais.

J'avais été trahi et j'avais vraiment du mal à l'encaisser.

Il me fallait maintenant trouver une solution. Je pouvais détruire ou cacher le GPS, mais Igor comprendrait vite. Son homme de main était déjà là. Ça ne ferait qu'accélérer son passage à l'acte, et je n'étais pas sûr qu'on puisse s'en sortir une deuxième fois.

Alors que faire ? Fuir à nouveau ? Pour aller où ?

J'avais déniché le boîtier mais, même sans lui, Igor nous retrouverait. Où que nous allions, il nous pisterait. Où que nous soyons, il le saurait.

J'ai réfléchi et je me suis dit qu'il était également possible qu'il compte sur ce genre de réflexion de ma part pour jouer son coup sans sécurité. Il me connaissait. Il m'avait étudié.

J'ai hésité à valider cette option, mais je ne pouvais pas prendre de risque.

Ça aussi, il le savait. Il savait toujours tout. Je comprenais maintenant.

Dans tous les cas, nous étions foutus.

Ana a réapparu, un pistolet automatique dans la main droite. Elle a devancé ma question en m'expliquant qu'elle l'avait trouvé sous le canapé, dans le bungalow, pendant que je sortais le type par la trappe de la cuisine et qu'elle nettoyait le salon. Dans le chaos et la surprise, je n'avais pas remarqué qu'il était armé. Il avait dû le perdre pendant notre corps-à-corps.

Il ne m'avait pas tiré dessus directement. Sa première intention n'était donc pas de nous liquider. Il avait dû paniquer ensuite et, voyant que j'allais être plus coriace que prévu, il en était venu directement aux choses sérieuses.

Elle l'a jeté sur le lit. On l'a fixé tous les deux.

Je brûlais de lui demander pourquoi elle ne m'en avait pas parlé avant, mais le temps était compté, et quelle importance au final ?

J'ai sorti les sacs du placard, fourré l'arme dans ma ceinture et on a décampé.

Les lampadaires n'éclairaient que faiblement la rue.

Je ne savais pas où aller. Je ne savais plus quoi faire.

Ana a pris ma main et on s'est engouffrés dans les ruelles qui longeaient le port.

On marchait vite, nos pas claquaient sur les pavés.

On entendait, derrière les habitations, la rumeur portuaire. Un chat a feulé. J'ai sursauté. Ana s'est arrêtée net.

Devant nous, à une dizaine de mètres, une silhouette d'homme avait fait irruption au milieu de la rue.

D'instinct, on s'est engouffrés dans un passage étroit sur notre droite et on a détalé. Le type s'est lancé à notre poursuite.

La plante carnivore m'a envahi totalement, irradiant mon corps tout entier, inoculant la peur dans chacun de ses atomes. Nous ne faisions plus qu'un.

Les sacs étaient lourds, je ne pouvais pas aller plus vite et j'entendais que le mec se rapprochait.

Je me suis saisi du flingue et sans réfléchir, j'ai fait volte-face. L'homme était tout proche. J'ai tiré sur sa droite. La balle a ricoché sur le mur. Il s'est jeté à terre. J'ai tiré une deuxième balle, juste au-dessus de lui, et j'ai repris la course.

On s'est enfoncés un peu plus dans le dédale de ruelles, haletant et perdus, cherchant une issue. Un coup de feu a résonné. Un petit bloc de calcaire s'est détaché d'un immeuble, s'écrasant sèchement sur le sol. Une deuxième détonation. La balle a sifflé en passant à quelques centimètres de nous.

J'ai projeté Ana par terre et j'ai tiré à nouveau. Le gars s'est précipité derrière une poubelle. On a rampé jusque sous un porche.

J'ai caché Ana derrière moi puis j'ai passé la tête. Coup de feu.

J'ai reculé, le souffle court et le corps électrisé.

J'ai tiré quelques coups sans regarder puis j'ai à nouveau jeté un œil. Il était toujours derrière la poubelle. J'ai visé et envoyé une nouvelle salve.

Je ne voulais pas le tuer. Je voulais juste qu'il nous foute la paix. Je voulais juste m'en aller.

Les coups de feu se sont alors mis à pleuvoir. L'homme vidait son chargeur. Il tentait une offensive.

Je me suis collé contre la grande porte de bois, momentanément abrité par les épaisses pierres blanches. Ana m'a fixé étrangement, et j'ai senti qu'à cet instant précis, quelque chose venait de changer.

J'ai passé le bras et fait feu à l'aveugle pour freiner l'avancée du sbire d'Igor.

Ana ne me quittait pas du regard, empreinte d'une sérénité déconcertante.

J'ai tiré à nouveau.

Elle souriait presque, désabusée et résignée. Comme si tout était terminé.

Comme si nous étions enfin tirés d'affaire, que nous n'avions plus à courir, à nous cacher, comme si était enfin venu le moment de vivre.

Elle a attiré mon visage à elle puis m'a embrassé. Le temps s'est arrêté.

Une multitude d'images sont passées devant mes yeux, mêlées et pourtant étrangement claires. Une histoire dans le désordre qui en racontait une autre.

J'ai tiré encore une fois, l'amour au bout des lèvres.

Les coups de feu ont redoublé, ça claquait de partout, de la pierre volait de toutes parts. Ana s'est recroquevillée, immobile, le visage enfoui entre ses genoux.

J'ai trouvé le courage d'avancer à plat ventre. L'homme était à peine à deux mètres.

J'ai visé. J'ai tiré. Il est tombé.

Mais les détonations ont continué.

Il m'a fallu une seconde pour comprendre.

Je me suis retourné.

Un deuxième homme se ruait sur nous en tirant des salves continues. J'ai riposté, il s'est appuyé contre le mur, réduisant mon angle de vue, m'obligeant à me découvrir un peu plus, un peu trop.

Une décharge violente dans mon épaule. Une douleur immédiate. Du sang sur ma chemise.

Et puis le silence.

Ana était toujours repliée sur elle-même.

J'ai regardé mon bras. Un morceau de chair avait été arraché. Ça me faisait un mal de chien, mais heureusement la balle m'avait juste effleuré. J'ai éprouvé un étrange soulagement dans ma détresse.

J'entendais l'homme avancer, traînant des pieds sur le pavé, dans un discret frottement qui me laissait penser qu'il marchait accroupi, ou que je l'avais blessé.

Puis plus rien.

J'ai retenu mon souffle.

Je l'entendais lui aussi respirer. Il était tout près.

J'ai serré le pistolet.

Un chat a miaulé. Le type a bondi. J'ai tiré.

Et puis le silence à nouveau.

Mon cœur battait à deux cents.

Les corps gisaient au sol. Plus rien ni personne ne bougeait, à part ce chat noir et squelettique traversant furtivement la venelle.

Je me suis adossé à la porte en bois, tout contre Ana.

J'ai repris ma respiration avec peine. Je tremblais de partout.

« C'est fini, j'ai murmuré, c'est fini… »

J'ai embrassé ses épaules, son cou, caressé son dos, j'ai passé une main dans ses cheveux mais elle n'a pas réagi.

J'ai relâché doucement l'étreinte et me suis écarté de quelques centimètres.

Là, avec une infinie lenteur, son corps inanimé et déserté par cette vie qu'elle aimait tant a glissé le long du mur de pierres jusqu'à ce que son visage, encore souriant, embrasse le pavé sale de cette ruelle inconnue, me laissant interdit, abasourdi, démuni.

J'ai eu soudain très froid.

Ses yeux étaient fermés. J'aurais pu jurer qu'elle dormait.

Au loin une sirène de police.

Je n'ai pas pleuré. Je n'ai pas crié.

Je n'ai rien fait.

J'étais K.-O.

J'ai serré Ana fort contre moi. Elle sentait bon.

Les premières têtes sont apparues aux fenêtres qui s'allumaient une à une.

J'ai pris sa main, l'ai baisée, puis posée contre son cœur.

J'ai murmuré quelques mots à son oreille.

Je n'éprouvais rien.

Je ne comprenais rien.

Je n'étais plus rien

Tout ça n'était pas réel.

Tout ça n'était pas réel.

Je me suis vu me lever et empoigner les sacs.

Je flottais.

J'ai regardé Ana.

Je m'en suis allé.

Je glissais au-dessus de l'asphalte.

Je marchais à côté de moi.

Je me sentais invisible, hors la vie.

J'étais un fantôme, hors le temps.

J'étais dans une autre histoire.

Rendez-moi la mienne.

Rendez-moi l'insouciance.

Rendez-moi Ana.

J'ai débarqué sur le port en titubant.

Et la peine est arrivée. Et les larmes ont suivi.

Mon cœur s'est vidé.

Mon corps m'a lâché.

J'ai parcouru quelques mètres. D'autres sirènes de police. La rumeur a enflé.

Je me suis assis sur un banc face à la mer. Des marins s'activaient sur le pont d'un cargo en partance. Un vieux chien errant s'est approché, m'a reniflé, puis a passé son chemin.

J'ai posé les sacs devant moi.

J'ai sorti le cahier d'Ana, mais je n'ai pas eu la force de l'ouvrir.

Le porte-conteneurs s'est éloigné.

Au bout de sa nuit, d'autres continents, d'autres territoires, d'autres hommes.

Je n'ai pas lâché du regard les membres d'équipage sur le pont jusqu'à ce qu'ils disparaissent totalement.

Une luciole égarée a virevolté devant mes yeux.

J'ai posé le cahier sur ma poitrine.

Les larmes ont cessé.

J'ai pensé à Heinz, à Billie, à Elias, à Jeanne, à Zelda, à Tony, à Münch, à Kramer à Polly et à Anton.

J'ai pensé à Igor, à Luigi, aux Kalev et à Rekkie.

J'ai pensé à Chab, à l'académie, à José, et aux copains.

J'ai pensé à la carte postale de Zoé, à ces silhouettes que nous ne serions jamais.

J'ai pensé à mon père.

Un nouveau cargo est entré dans le port. Ses coups de sirènes ont couvert le vacarme.

J'ai pensé à maman.

Et tout est devenu très calme.

Le silence.

J'ai inspiré.

Un cormoran est passé devant moi.

Un employé maritime a terminé sa cigarette.

J'ai appuyé le pistolet sous mon menton.

La plante dans mon ventre a fané d'un seul coup.

La chaleur s'est éteinte pour de bon.

Une grue charriait un conteneur rouge.

Le cargo s'est amarré.

J'ai fermé les yeux.

J'ai pensé à Ana.

J'ai expiré.

49.

Ma mère est assise pieds nus dans l'herbe. Elle porte un grand chapeau de paille élégant, une robe bleu clair. Je suis installé en face d'elle. J'ai à côté de moi une figurine de super-héros, un pistolet en plastique et un ballon rouge. Mon père a relevé son pantalon au-dessus des mollets. J'attrape le jouet et je lui tire dessus. Il se touche le ventre, gesticule comme un cow-boy de mauvais western, tourne sur lui-même en grimaçant puis tombe à terre. Maman rit aux éclats. Je fais de même.

Il ne bouge plus. Je lance mon ballon sur lui. Il se relève brusquement, feignant l'indignation et la colère, se jette sur moi et me chatouille, m'embrasse le cou, provoquant l'hystérie attendue. Il me prend ensuite dans ses bras, me regarde comme un trésor. Ses yeux sont pleins d'amour.

« Mon grand bonhomme, déclare-t-il, songeur, tu sais que je t'aime, toi ? »

Je souris. J'attrape sa moustache et il crie pour m'amuser.

Maman s'allonge et mon père m'assied devant elle. Elle embrasse ma joue. Elle sent bon. Ses yeux sont clairs et son teint mat. Elle est belle et je l'aime.

Mon père tente de faire l'équilibre mais le perd et s'affale.

Nous rions de plus belle.

Il fait le clown. Je l'aime.

Il se redresse, pose une main sur mes cheveux, caresse maman.

Un promeneur passe à proximité. Maman le hèle et lui demande de nous prendre en photo en lui tendant son Polaroid.

L'homme prend du recul, mon père enlace maman, elle pose sa tête contre son épaule. Je suis assis entre eux. Je les sens tous les deux. Leur chaleur, leur odeur, leurs voix me rassurent.

Une hirondelle virevolte au-dessus de nous. Le soleil est haut dans le ciel. C'est la fin du printemps, il fait bon et des parfums de lilas, de tilleul et d'herbe tondue se mêlent à ceux de mes parents. L'homme nous annonce que le petit oiseau va sortir et je guette l'animal sans trop comprendre. Le flash m'aveugle, je vois des taches rouges devant moi.

L'inconnu nous salue en s'éloignant, maman range l'appareil et mon père secoue le film en soufflant dessus. Je bascule en arrière sur la couverture de coton doux et j'observe un nuage en forme de cheval. L'étalon est au galop, le corps étiré, sa queue volant au vent.

Il grossit, se déforme et se mue lentement en quelque chose d'autre. Une tortue, un château, un visage. Il disparaît finalement derrière les feuillages éclatants des chênes centenaires qui jalonnent le parc.

Mon père s'allonge à côté de maman, il l'embrasse, passe sa main sur son ventre. Elle s'abandonne. Son chapeau est tombé à quelques centimètres d'elle, mais elle ne s'en soucie guère. Il lui chuchote quelques mots. Elle rit aux éclats.

J'attrape le Pola que papa a posé juste devant nous. L'image est enfin apparue.

Mon père regarde ma mère, ma mère me regarde, je regarde le photographe.

Nous sourions tous les trois.

En fin d'après-midi, nous quittons le parc à la hâte car il se met à pleuvoir. Mes parents se disputent pour une broutille alors que nous arrivons à la maison.

Je n'ai pas l'habitude. C'est même la première fois, je crois. Mais ils crient très fort et ça m'inquiète un peu.

Je sens une chaleur inédite et désagréable dans mes entrailles, comme une graine brûlante qui aurait été semée dans mon ventre.

Mon père se sert un whisky, qu'il avale cul sec. Maman lui jette un regard sombre. Il en boit un deuxième en la fixant droit dans les yeux avec défi. Elle soupire et s'en va. Elle claque la porte.

Mon père se laisse tomber dans le canapé.

Je l'observe sans comprendre. Il soupire et me demande gentiment d'aller dans ma chambre.

Je regarde la photo.
Je fais ce qu'il me dit.

Je m'allonge sur mon lit.
Il n'y a plus un bruit dans la maison.
J'entends juste ma respiration et la pluie battante, dehors, qui cogne aux carreaux
J'inspire.
Je pose le Polaroid contre mon cœur.
Et je m'apaise.
Demain, tout ira mieux.
Je ferme les yeux.
J'expire.

Remerciements

Merci à Élisa Allenbach, mes parents, Émilie Colombani et toute l'équipe des éditions Rivages, Jóhanna Árnadóttir, Richard Lange, Daniel Darc ainsi qu'à toutes les balles perdues qui marchent dans les rues…

pcacmb
édition pré-presse
livres numériques

44400 Rezé

Achevé d'imprimer en novembre 2019
sur les presses de Normandie Roto Impression s.a.s.
61250 Lonrai (Orne)
pour le compte des Éditions Payot & Rivages
18, rue Séguier - 75006 Paris
N° d'imprimeur : 1905460
Dépôt légal : novembre 2019

Imprimé en France

IMPRIM'VERT